新装版

長編歴史小説

われ、謙信なりせば

上杉景勝と直江兼続

風野真知雄

祥伝社文庫

わたしの言語学とは
ことばの人間工学序説
加藤彰彦

目次

序章　あてになる奴、ならぬ奴

空いっぱいに赤とんぼが群れをなし、初秋の天は、雲ひとつなく晴れあがっている。

内大臣徳川家康《とくがわいえやす》は、その空を目を細めて見やり、それから縁側の上にどかりと腰をおろした。

ここは、伏見《ふしみ》にある家康の屋敷である。

家康の手にはおおぶりの茶碗がある。銘《めい》もなければ意匠もない、墓場の隅《すみ》にでもころがっていてもおかしくはないような欠け茶碗である。

入っているのは、みずから調合し、煎《せん》じた、得体《えたい》の知れない薬湯だった。

若い側女《そばめ》どもは、この薬湯の匂いを、

「オェッとなりまするぅ」

といって敬遠するのだが、家康はどういう嗅覚や味覚をしているのか、この薬湯をじつにうまそうに啜《すす》る。

いまも、その薬湯を二度三度、音を立てて啜ると、

「さて、さて……」

と、嬉《うれ》しそうにひとりごちた。

だが、次の言葉は、さすがに口には出さず、胸のうちでいった。

「どうした手順で、天下をわしのものにしたらいいものかのう……」

天空にあったたまぶしげな視線は、庭の松の枝の向こうに見える伏見城の天守閣へと移ってきている。

考えごとをしているときの家康は、辻占《つじうらな》いが客の顔をのぞき込むときのような剽《ひょう》げた顔をしている。

愛嬌《あいきょう》がある。愛嬌があることを、また、充分に意識もしている。

秀吉《ひでよし》子飼いの大名たちが、「たぬき爺《じじい》めが」などと陰口をきいているのを、伏見城の茶坊主たちから聞き出していたけれど、家康は、きつねではなく、たぬきであることに、満足すらしていた。

きつねほど、陰険ではない。騙《だま》されたと悟っても、たぬきのほうは、激しい憎しみまでは持たれることはない。

だから陰口の半分には、好意が混じっているのだと、家康は勝手に解釈している。

そもそも家康は、自分のことを、

(敵に対して、なんと寛大な男なのじゃろう……)

と、思っている。

むしろ、手のうちにある者より、敵に対するほうが寛大といっていいくらいだとも。

「悪いようにはせぬ」

というのが家康の口癖だったが、そう約束した相手には、まあ多少の空《から》約束もあるにせよ、まるっきり約束をたがえるようなことはしてこなかった。

だからこそ、いまの自分に対する信頼があるのだと思っており、今後もその方針を転換するつもりはなかった。

家康の視線の先――。

伏見城の中では、いま、太閤《たいこう》秀吉が萎《しな》びたどす黒い顔を天井に向けて、猿に似たぎょろぎょろした目を不安げに、落ちつかなく、動かしているにちがいなかった。

この年、慶長《けいちょう》三年(一五九八)の五月五日。

太閤秀吉は、突然、ひどい腹痛をうったえて、立つことすらままならなくなった。

その日、予定されていた端午《たんご》の節句の祝いも、急遽《きゅうきょ》、とりやめとなった。

じつは、兆候は数年前からあったのである。たびたびからだの痛みに悩まされ、しばらく寝込んだりすることがつづいていた。

ついこのあいだまで、太閤秀吉は元気そうに見えていた。からだそのものは小柄であり、腕なども枯れ枝のように細っていたが、なにせやることが途方もなく豪気であり、しばしば尋常の人間には思いもつかないような、気宇壮大《きうそうだい》な法螺《ほら》を吹いた。

そうしたところからくる印象によって、太閤秀吉は実際の健康状態よりもずっと良好に思われがちだったのである。

家康もまた、

（ああいう、身体のちんまい男にかぎって、長生きをする……）

と、苦々《にがにが》しく思ってきた。

家康は、今年、六十三歳の秀吉よりも六歳若い五十七歳である。

まだまだ体力には自信がある。そればかりか、みずから古い医書を読み、調合《ちょうごう》に苦心した薬湯を愛飲するなど、人一倍健康には気をつかっている。

とはいっても、いつ、あの世に持っていかれるかは、わかったものではない。

このままずっと秀吉に首根っこを押さえられ、結局、天下盗《と》りはできぬままに、生涯を終えるのかと、むなしく思うことも再三だった。

その雲行きがにわかに変化したのである。

秀吉は五月五日に倒れてからは、もはやほとんど床《とこ》を出ることはできなくなり、百歳までも生きるかと思えたのが嘘のように、見る見るうちに体力をなくしていった。

つい半月ほど前の八月四日にも、家康は、前田利家《まえだとしいえ》とともに、秀吉の枕元に呼ばれた。

（よくも生きているものだ……）

と、あきれたほどの病状だった。

「秀頼《ひでより》を子とも孫とも思って、取り立ててくだされ」

と、細い腕をのばされたときは、そのままいっしょにあの世に持っていかれそうな不気味さすら覚えて、家康は内心、たじろいだほどだった。

（長く持っても、あと十日ほどじゃろう……）

あと十日ほどもすれば、家康の首根っこを押さえるものは、この地上からいなくなるのである。

天下をこの手につかむ最大の機会が訪れるのである。

（どういった手順でいくべきか……）

方策はいくらでもある、と家康は思った。好きなように道をつくることができる平原が、一面に広がっているのだ。

ただ、問題は、どこらあたりを取り込んで、どこらあたりを潰《つぶ》すかだった。下手《へた》に動けば、家康を警戒する者同士で結託されてしまう。いくら関東八ヵ国の大守、石高《こくだか》二百五十万石の筆頭大名とはいえ、すべてを敵にまわして戦えるほどの力はない。

といって、ぼちぼちと小大名どもを取り込んで、ぽちぼちと取り潰していくほど、時にめぐまれているわけでもない。

ある程度の数を取り込んだ時点で、一息に、決定的な戦《いく》さを行ない、天下を手中にしなければならない。

（どれどれ、だれがいたかな……）

家康は、自分もそのひとりとなっている五大老の面々を思い描いた。

石高からいっても、人望という観点からいっても、この五人が次の覇者の座を争う鍵を握ることはまちがいないのである。

前田利家――。

加賀《かが》、能登《のと》、越中《えっちゅう》に百万石を持つ実力者である。

歴戦の強者《つわもの》であり、広く人望も集めている。

秀吉政権のもとでは、家康と並んで二大巨頭といった扱いで見られてきた。

もともと秀吉などは、利家の足元に這《は》いつくばるほどの存在だったのが、いまや利家のほうが、百万石をいただいているのも秀吉のおかげと、感謝さえしているという。

利家が感謝するなら、家康だって関東の二百五十万石を秀吉のおかげとしなければならない。

なんとも人のよいことだと、家康はあきれるばかりである。

(その前田が、いまさらわしに頭を下げることはあるまい……)

しかも、こっちから無理に利家に弓を引くことがあれば、加藤清正《かとうきよまさ》や福島正則《ふくしままさのり》といった子飼いの大名ばかりか、家康に好意を示しがちである細川忠興《ほそかわただおき》や黒田長政《くろだながまさ》らまで、利家方にひっつくことになるだろう。

家康は、

「前田は、いかんな……」

と、つぶやきながら、首を振った。

次に思い浮かべたのは、毛利輝元《もうりてるもと》だった。

中国の覇者、毛利家の当主である。

しかも、家康より十以上、若い。

対信長《のぶなが》戦で領土をいくらか減らしたとはいえ、それでも中国地方に九ヵ国を持つ、百十二万石の大守である。瀬戸内《せとうち》という海を制していて、実質的な実入りは、石高をはるかに上回る。

中国を制圧した輝元の祖父である元就《もとなり》は、「決して中原《ちゅうげん》に討って出るな」と遺言したそうだが、それから三十年近く経《た》っているのである。いくら輝元に覇気が乏《とぼ》しくとも、取れる天下をみすみす見逃すことは考えられなかった。

（虎視眈々《こしたんたん》と狙《ねら》っているにちがいない……）

その毛利輝元が、家康に味方するはずがない。

家康の、愛嬌を感じさせる思案顔は、だんだん憂鬱《ゆううつ》色を帯《お》びてきた。

どいつもこいつも、あてにならぬ奴ばかりである。

つづいて、宇喜多秀家《うきたひでいえ》――。

備前《びぜん》、美作《みまさか》で五十七万石を持つ、いまだ二十代のこの若武者は、秀吉にこよなく愛された男でもある。

梟雄《きょうゆう》といわれた宇喜多直家《なおいえ》と、絶世の美女といわれたおふくのあいだに生まれた。

直家の死後、この地に入った秀吉は、おふくと情を通じ、このころ十歳であった秀家を養子にすると約束した。

秀吉はこの約束をたがえず、事実、一度は養子とし、のちに前田利家の娘で秀吉の養女となっていた豪《ごう》姫と結婚させた。

秀吉はこの豪姫を目の中に入れても痛くないほどに可愛がっており、「姫が男であったなら、喜んで天下を譲ったであろう」とさえ語った。その豪姫を与えたほど、秀家もまた、可愛がっていたのである。

たとえば小早川秀秋《こばやかわひであき》だとか、前《さき》の関白・豊臣秀次《とよとみひでつぐ》のように、幼いうちから秀吉という男に愛されると、どういうわけか偏頗《へんぱ》な性格の人間ができあがりがちだが、この男にその気配はない。梟雄・宇喜多直家の悪どい血も感じられない。

武人としての評価も高く、朝鮮の戦場では元帥《げんすい》として、秀吉軍を統率した。日本にまで聞こえた明《みん》の名将・李如松《りじょしょう》の軍を撃《う》ち破ったのも、この若者なのだ。

（だれが裏切っても、あの男は秀吉の遺命を裏切ることはないだろう……）

大老組はやはり、だめなのか――。

こうして指を折っていくと、家康は天下を盗るどころか、孤軍として追いつめられていくような気さえしてきた。

そのとき、なぜか忘れていたもうひとりの大老を、ふっと思い出した。

（あまりにも無口であるため、つい、忘れてしまったではないか……）

極端な無口である。

五大老が顔を合わせる会議の席においても、最後まで口をひらかずじまいということさえある。

理解力に乏しいどころではない。この男が立ち上がったときの行動が、いかに的確であり、策謀に富んでいるかは、これまでの戦さが歴然と証明している。

上杉謙信《うえすぎけんしん》亡きあとの越後《えちご》を、四方八方からのあらゆる攻撃や調略に耐えて、ついには守り通したのはこの男である。

ただ、深慮の過程を、口に出したりはしないだけなのである。気味が悪いほど澄んだ目で、相手や情勢を見つめ、見つめ切り、そうしてから雷電のごとく意を決するのだ。

上杉景勝《かげかつ》――。

あの、闘神ともうたわれた不識庵《ふしきあん》謙信の衣鉢《いはつ》を継いだ男が、五大老のひとりとして、会津《あいづ》に百二十万石をかまえている。

（あの男はいい……）

家康は、すっかり迷ってしまった夜の山道で、提灯《ちょうちん》のあかりに出くわしたような顔になった。

家康は、上杉謙信と直接、戦ったことはない。家康がもっぱら苦しめられたのは、謙信の好敵手だった武田信玄《たけだしんげん》だった。

信玄にはいくどもさんざんな目に遭《あ》わされ、三方ヶ原《みかたはら》の合戦のときには、死も覚悟したし、逃げまどったときは恐怖のあまり、馬の鞍《くら》の上で脱糞までしてしまった。

その信玄に一歩も譲らなかったのが、謙信である。

しかも、謙信という武将は、これは家康には到底信じられないことなのだが、欲が希薄だったのである。

あれほどの武力を誇りながら、領土を増やすことには恬淡《てんたん》としたものだった。

信玄が死んだあとには、ずいぶんと領土を拡張できたはずである。いっきに信濃《しなの》、甲斐《かい》を手中におさめ、家康の領土に迫ることだって、不可能ではなかったはずである。

同じころには、やはり関東で覇を競った北条氏康《ほうじょううじやす》も死んでいる。上州《じょうしゅう》にも武蔵《むさし》にも、手をのばすことができただろう。

亡き信長や、太閤であったなら、まちがいなくそれをやっただろう。

ところが謙信という武将は、領土への野心を肥大させないまま、その生涯を終えてしまった。

（いまの景勝もそうらしいではないか……）

家康は上杉二代の心根というものがまったく不可解であったが、しかしそれは、まことにありがたい不可解さであった。

（もしかしたら、よほど越後が好きなのか……）

だとしたら、上杉が盟友となってくれさえすれば、越後などどうとも与えてやるのに、と家康は思った。

上杉にとって越後という国は聖地といってもいい土地なのかも知れない。だが、かれらは太閤の思いつきによって、会津に移封されてしまった。

家康自身も、同じように三河《みかわ》の土地を離れさせられている。

家康の場合は、内心、しめたと思いながら、関東八カ国という実を取ったが、上杉という名門の男たちは、先祖代々の土地を守りつづけることが望みなのかも知れない。

もしも会津に越後を加えれば、二百万石近くなってしまう。だが、それでもいいとさえ、家康は思った。

なにせ武門の名家、上杉である。自分の掌中《しょうちゅう》におさまってくれたら、どれくらい大事にすることか。

あの、滅び去った武田の遺臣ですら、わが家中に入れ、信玄の軍法を取り入れたのである。

それが、不識庵謙信であればなおのことではないか。

（そういえば、あの上杉景勝には、まだ嫡男《ちゃくなん》がおらぬのじゃったな……）

それは事実だった。

景勝には武田勝頼《かつより》の妹である菊《きく》姫という正妻がおり、側室も置かないほど愛しているということだが、ふたりのあいだに、いまだ子はなかった。

（早く子をつくってくれれば、わしの娘だろうが、孫娘だろうが、いくらでもくれてやろうものを……）

家康は、無口だが信の置ける上杉景勝と姻戚《いんせき》関係を結べる日を夢想して、大きな目を細めた。

徳川二百五十万石。

上杉百二十万石。

あわせて三百七十万石である。

だれが立ち向かってこようと、恐れる必要のない力になるだろう。

（なんなら、とりあえず、この国を、東西真っ二つに分けてしまってもよいのだ）

と家康は夢想した。

もちろん、東を家康と景勝とで押さえるのである。

さいわい東の入口には箱根《はこね》の山という天然の要害がある。

中央部には、真田昌幸《さなだまさゆき》という、守りには滅法強《めっぽう》い武将がいる。この男は信用という点では盗人に金を貸すくらい当てにならないが、逆に利をちらつかせてやれば、味方に取り込むことは充分に可能だろう。

一方、西は、中心のない烏合《うごう》の衆《しゅう》の集まりとなるだろう。徐々に切りしたがえていっても、それほどの歳月は必要としないかも知れない。

調略で西を揺さぶるなら、石田治部少輔《いしだじぶしょうゆう》が役に立ってくれるだろう。貧弱な体軀《たいく》で、おなごのように優しげな顔をした男だが、国の仕置きをやらせたら、この男にかなうものはいないほどの能吏《のうり》である。

世間では、石田三成《みつなり》と家康との仲が険悪であると見る向きもあったが、この当時、ふたりのあいだはまだ決裂の気配はない。

それどころか、お互いに頼りにしている部分も少なくなかった。

（そうそう、石田治部と親しい男が、上杉におったわ……）

家康は、景勝につねに影のように付きしたがう男の顔を思い浮かべた。

（ああ。直江兼続《なおえかねつぐ》だ。あの男もいい……）

上杉家の執政として、下手をしたら主《あるじ》の景勝よりも評価の高い男である。

この直江兼続をだれよりも高く買っていたのも、いま伏見城で生死のあいだをさまよっている太閤秀吉だった。

なんでも、

「会津百二十万石のうち、三十万石は直江にやったつもりだ」

とまで、太閤はいったという。

ふつう、そのようなことを太閤にいわれたら、図に乗って、主に対して、大きな顔のひとつもしようというものだろう。だが、直江兼続という男は、あくまでも主・景勝の陰にいて、上杉のために尽くしている。

上杉景勝を斉《せい》の桓《かん》公に、直江兼続は桓公を補佐した管仲《かんちゅう》にたとえる声もあった。

家康は、しばらく前に、殿中で起きたという、直江兼続の痛快な噂話を思い出した。

なんでも、奥州《おうしゅう》の伊達政宗《だてまさむね》が、洛中に出回りだした天正大判《てんしょうおおばん》を持ち込み、

「このたび、こんなものができてござるぞ」

と、場を同じくした諸大名たちに披露《ひろう》したことがあったという。

天正大判は、秀吉がつくらせたものだが、出回っている量はきわめて少ない。

諸大名も、

「ほお。これが、かの大判であるか」

と、目を輝かせた。

やがて、その大判は、同席していた直江兼続のところまでやってきた。

ところが、兼続はこの大判を直接、手に取ろうとはせず、扇子《せんす》を広げて、その上に受けた。

政宗は、いくら高名だとはいえ、やはり直江兼続は陪臣《ばいしん》の身であるため、遠慮して手に取れないのだろうと思ったらしい。

「どうした、直江どの。遠慮することはないぞ。手に取ってご覧《らん》あれ」

そう、いった。

すると、直江兼続は、さながら羽根突きでもするかのように、大判を扇子の上でぽんぽんと跳《は》ね上げながら、

「いやいや、わたくしのこの手は軍勢を指揮するための采配を取る手でござる。だれ

の手にふれたのかもわからない、このような不浄なものにはさわることはできませぬ」

といって、大判をぽぉんと政宗のもとへ投げ返したというのである。

このとき、さすがの政宗も一言もなかったというので、大名たちのあいだでたいそうな評判となった。

（よく、いうわ。直江のやつは……）

家康は、その話を思い出して苦笑した。

直江兼続が、金子《きんす》を不浄のものなどと思っているわけがないのである。それどころか巨額の金子を周辺の敵に惜しげもなく贈り、籠絡《ろうらく》させる手立てとしてきた例を、いくつとなく聞き知っている。

直江兼続は、たんに伊達政宗をからかっただけなのだ。あの、飢えた虎のような政宗を鼻先で笑い飛ばしたのだ。

（直江兼続というのは、さほどに肝《きも》の太い男なのだ……）

嘘かまことかわからないが、家康はもうひとつ、直江兼続と伊達政宗に関する噂話を知っていた。

伊達政宗が、直江兼続は殿中ですれちがったときにも、挨拶《あいさつ》をしないというので、

「なにゆえに挨拶をいたさぬ」

と、なじったことがあったというのだ。

このときも、直江兼続は空とぼけた顔で、

「やっ。たしかに、こうして正面からお目にかかると、伊達政宗さま。戦場でお会いするときは、いつも後ろ姿ばかりでしたので、気がつきませんでした」

といったというではないか。

家康は、いくらなんでもこの話は嘘であろうと思うのだが、思い出すたびに笑えてしかたがないのである。

(直江のやつならいいそうではないか。戦場ではいつも後ろ姿か。政宗はいつも逃げてばかりというのか。ハッハッハッ。わしもだれかに、そのような気の利《き》いたことをいってみたいものよのう……)

家康は、自分にはこうした機知の才能がないことを自覚しているだけに、そうした直江兼続の才覚がたまらなく好もしいのである。

加えて、直江兼続という男は、武人や参謀として一流であるばかりか、当代きっての漢詩人としても、その名を知られていた。

直江兼続が今年の春に伏見を発《た》って会津に向かうとき詠《よ》んだ漢詩は、いま、巷《ちまた》でも評判になっている。

春雁似吾々似雁
洛陽城裏背花帰

春雁《しゅんがん》吾《わ》れに似て吾れ雁に似たり
洛陽《らくよう》城裏花に背《そむ》いて帰る

（花に背いて帰るとは、いいのう……）

家康は、いままでこのかた、およそ詩心などとは縁がなかったが、それでも直江兼続の漢詩には、なにか凜《りん》とした、男の色気のようなものまで感じる。

（しかも、直江という男は、見た目がまた、いいからのう……）

家康が、直江兼続の堂々たる偉丈夫《いじょうふ》ぶりを思い描いたときである。

「上様。おそれながら」

と、やってきた男がいた。

家康の無二の謀臣《ぼうしん》である本多正信《ほんだまさのぶ》だった。

「ただいま、石田三成からの使者がまいりました」

「石田の使者？」

「はっ。どうやら、ですかな……」

本多正信は、奥まった目を細め、愛嬌とはまるで無縁の、思惑たっぷりの笑みを浮かべた。

「うむ。わかった。いま、まいる」

甘美な夢は中断を余儀なくされた。

薬湯の残りをいそいで啜り終えると、家康は勢いよく立ち上がる。

それから、長いつきあいになった謀臣の、黄色味を帯びた小さな横顔をちらりと見て、

「やはり風采《ふうさい》というのがのう……」

と、つぶやいた。

「は、なにか？」

そう訊《き》いた顔もいかにも意地悪げで、こういう舅《しゅうと》がいる家には絶対に娘を嫁にくれたくないといった顔である。

「いや、なに、こっちの話じゃよ。こっちの話」

家康は、機嫌のよさそうな含み笑いをしながら、悠々《ゆうゆう》と歩き出していく——。

第一章　謙信《けんしん》の長い影

一

「お屋形《やかた》さま……！」

と叫んだ自分の声で、直江兼続は目を覚ました。ずいぶん大きな、子どもじみた声だったような気がする。

旧主・上杉謙信の夢を見たのである。

慶長三年（一五九八）陰暦の九月である。

昨夜まで吹き荒れた嵐の名残《なご》りか、寝室に忍び込む風の匂いが、冷たく湿っぽい。

夜はまだ、明けきってはいない。板戸の隙間に見える明かりは、蒼《あお》く、弱い。

ここは、米沢《よねざわ》城の本丸の一部屋である。本丸とはいっても、城自体がまだ造成の途中にあって、ほとんど城としての体裁《ていさい》をととのえていない。

この三月に、上杉家は越後から会津へと移封されてきた。しかし、まずは主《あるじ》・景勝の住む若松《わかまつ》城を整備するのが先で、兼続の居城となった米沢城の整備工事はようやく開始されたところだった。

その工事を指揮する毎日で、兼続は疲れていた。じつに久しぶりに、謙信の夢を見たのも、そのためかも知れなかった。

夢の中で、謙信はなにか、鋭い声で兼続を叱《しか》ったようだった。

「与六《よろく》……」

と、兼続の幼名を呼び、それからなにかいったはずなのである。

なにをいったのかは、わからない。

ただ、謙信の顔は鮮明だった。戦さに赴《おもむ》くときの行人包《ぎようにん》みではなく、坊主頭を見せていた。髭剃《ひげそ》りあとというだけでなく、顔色はひどく青ざめていたようだ。濃い眉《まゆ》の下の目は、なにか必死の気配を漂《ただよ》わせていた。

おそらく、いい夢ではない。

しかし、夢のお告げをことさらに重要視し、その意味を突きつめて考えるような習慣は兼続にはない。

謙信には、それがあった。見た夢にはかならず深い意味と神仏の啓示《けいじ》があるとして、その夢をとことん追求し、ときには戦略にさえそれを活《い》かした。直江兼続は、そのようなことはしたことがない。

（わしは、お屋形さまと、ずいぶん離れてしまったのか……）

と、思った。

その思いは、兼続に後ろめたさを覚えさせた。

もちろん、亡き不識庵謙信は、上杉家中において、いまだ柱とも礎《いしずえ》ともいえる存在である。若松城の本丸奥には、瓶《かめ》におさめられた謙信の遺骸《いがい》が祀《まつ》られてあるし、出陣前の儀式やこまごました範などにも、謙信のやりかたが踏襲《とうしゅう》されている。

なによりも、謙信の家というのが、上杉一門や家臣たちにとって、大きな誇りになっていた。

それは別として――。

兼続は、近頃、もしもお屋形さまであったなら、という考え方を取らなくなってい る自分を自覚している。

かつては、あれほど、もしもお屋形さまが存命であったら、というのが、行動の規範となっていたのに……。

いったい、いつごろからだろうか。

謙信が突然、この世を去ったのは、天正《てんしょう》六年（一五七八）、二十一年前のことである。その前年、謙信は初めて織田信長の勢力と加賀の手取川《てどり》において戦い、柴田勝家《しばたかついえ》が率《ひき》いる軍勢を完膚《かんぷ》なきまでに叩きのめした。その後しばらくして、京の童《わらべ》たちは、こんな歌をしきりと口にしたものである。

上杉に逢《お》うては織田も手取川　はねる謙信逃げるとぶ（信）長

この勢いを駆って、ついに謙信は翌年の上洛を決意したが、まさにその矢先、不意の病いに見舞われたのだった。

「もしも、あのときお屋形さまが上洛できていれば……」

という話は、いまだに上杉家中で語られつづけている。

直江兼続もまた、その後、二十年ほどは、つねに亡き謙信の影を追い求めていたような気がする。

（わしは、お屋形さまに育てられたのだ……）

兼続が謙信に感じる恩義は並大抵のものではなかった。

直江兼続は、かつては樋口《ひぐち》与六といった。

樋口惣《そう》右衛《え》門《もん》を父として、越後国上田庄《うえだのしょう》の坂戸《さかと》城下に生まれた。

樋口家は代々の武門である。先祖には、木曾義仲《きそよしなか》の四天王として活躍した、樋口兼《かね》光《みつ》という武士もいたと伝えられている。

だが、父・惣右衛門の代では、武名のほうはだいぶ衰《おとろ》えていた。

惣右衛門は、坂戸城で、おもに台所まわりの仕事をまかされていた。薪《まき》を集める手配をし、炊事を管轄した。台所奉行という職名はなかったが、いわばそういうものである。武士としては、はなはだ不名誉な仕事といっていいだろう。

その嫡男として生まれた与六は、幼いときから聡明さで近隣に知られた。

与六が十歳ほどになったとき、その噂を謙信の姉であり、与板《よいた》城主の長尾《ながお》政景《まさかげ》に嫁いでいた仙洞院《せんとういん》が聞きおよんだ。仙洞院は喜平次《きへいじ》景勝の母である。

仙洞院は、息子のために、よき近習《きんじゅう》を探していた。召して話をしてみると、噂どおりに聡明である。しかも、仙洞院が気に入ったのは少年与六の見目《みめ》のよさだった。

いかにも凛々《りり》しいのである。

別に、このころ十五歳になっていた息子・景勝の、寵童《ちょうどう》にしようなどと思ったわけではない。ただ、仙洞院は不識庵謙信の姉だけあって、美というものを好んだ。

景勝もまた、瞳の澄んだ凛々しい若者に成長していた。その景勝の周囲には、やはり凛々しくて、利発で、俊敏な若者たちを配し、そんな若者たちが行動をともにする颯爽《さっそう》とした光景を見たかったのである。

樋口与六は、そんな仙洞院の美意識にぴったりの少年だった。

こうして与六は、春日山《かすがやま》城の二の丸にいた景勝のもとへ上がることになった。

景勝につかえるということは、謙信につかえることにほかならなかった。

謙信は生涯、女色を遠ざけた。したがって、子を持たない。

姉の子である景勝を、自分の跡継ぎにしてもいいという気持ちが、謙信にはあった。このため、謙信はつねに景勝を手元に置き、立派な武将として育てあげようとした。

当然、与六もまた、一歩離れてだが、謙信につきしたがうことになった。

漢籍などの書見、武術の鍛練《たんれん》、遠乗り、やがては軍学の講義もさずかり、戦場へもしたがった。

与六は、景勝とともにすべてを謙信から学び、そして成長したのだった。

二

目を覚ましたあとも、直江兼続はしばらく布団《ふとん》の中に身を横たえ、若いころの思い出をたどっていた。

こうした不精な朝は兼続には珍しい。目を覚ましたらすぐに起き上がり、弓を射《い》たり、手紙を書いたりするのがつねであった。

（そろそろ無理のきかぬ身体になりつつあるのか……）

と、思った。

だが、直江兼続はまだ、四十にひとつ前の歳なのである。名門上杉家の執政といえば、かなりの年齢に達していると思うらしく、初めて兼続と対面する者は、みな、その若さに驚いた。

しかし、兼続は執政と呼ばれる立場になって、すでに二十年近く経つのである。それほど若くして、景勝を支える枢要《すうよう》人物となった。

夜がすっかり明けきって、遠くに城の工事に従事する人夫たちが集まりはじめた物音を聞いてから、兼続は寝床から出た。

陰暦の九月半ばである。すでに木々は色づき、朝夕はずいぶん冷え込む。

兼続は洗顔のために庭に出て、井戸ばたまで行ったとき、

「旦那《だんな》さま……」

と、山田喜右衛門《やまだきえもん》がやってきた。喜右衛門はふだんは景勝について、若松城に籠《こも》りがちな兼続にかわって、米沢城のこまごましたことをとりしきっている。

　なお、上杉家では景勝を「殿さま」と呼び、直江兼続を「旦那さま」と呼ぶのが習わしであった。

「おお、喜右衛門か。いつも朝早くから、ご苦労だな」

　兼続は自分より十歳以上も年上の喜右衛門をねぎらった。

「なんの、早起きなど、苦労なものですか。それよりも、朝、いちばんで、兜職人《かぶと》の弥助《やすけ》がまいっておりますぞ」

「弥助が……ああ、わかった。すぐまいるぞ」

　兜職人の弥助は、春日山城下で生まれ育った男で、本人は越後に未練もあったのを兼続が直々《じきじき》に頼んで、米沢に連れてきたのだった。その弥助に、兼続は新しい兜を注文していたのである。それができてきたらしかった。

　弥助の顔を見ると、誇らしげである。

（気に入ったものができたらしい……）

　と、兼続は推測した。

「弥助。早いのう」

「はい。昨夜、できあがったのですが、一刻も早く直江さまにご覧いただこうと、こんなに早く出てきてしまいました」

弥助はいそいそと、包みを開いた。

「いかがでございましょう」

「ほお……」

兼続はうなった。

自《みずか》ら考案した意匠である。それが見事にかたちとなって、眼前にあった。

兼続はすぐ、

「喜右衛門。新しい兜だ。見てくれぬか」

振り向いて声をかけた。

山田喜右衛門も、鎧《よろい》兜には独自の審美眼を持っている。興味深げににじり寄ってきた。

「どれどれ……ほお、これは……」

思わず目をみはった。

「愛……でよろしいのですな」

「うむ」

兜の前立《まえだて》に、大きく一文字、「愛」の文字が飾られていた。

珍しい文字であるし、見たこともない意匠である。

「愛とは、どのような意味でございますか？」

と、喜右衛門が怪訝《けげん》そうに訊いた。

「お屋形さまがな、よく語っておいでだった。大将の心根というのは、人を愛すること、善をほどこすことだとな。そのお言葉から頂戴《ちょうだい》したのだ」

「なるほど。わたくしは、愛宕権現《あたごごんげん》からとったものかと思いました」

喜右衛門がそういうと、

「うむ。それも、兼ねた」

と、兼続は照れたように笑った。

「なるほど。毘沙門天《びしゃもんてん》の毘に倣《なら》って」

「そういうことよ」

謙信の旗印は、毘沙門天からとった〈毘〉の一文字だった。もうひとつ〈龍〉の旗印もあったが、こちらは滅多に振られることがなく、〈毘〉の旗印がよく知られるところとなった。

毘沙門天は仏法守護の武神を祀ったものであるため、武士たちに信仰されていた。同じく、勝軍《しょうぐん》地蔵ともいわれて武士たちの信仰を集めたのが、愛宕権現だったのである。

兼続と、喜右衛門は、もう一度、目を細めて、兜を見た。

雲が角《つの》を生《は》やしたような台座があり、その上に〈愛〉の文字が載《の》ったかたちである。その〈愛〉の文字には、金がかぶされており、まばゆいほどに輝いている。

「意図されたところを聞けば、ますます立派なものに見えてきますな。一目見たときは、ずいぶんと奇抜なものをこしらえたものだと思いましたが」

と、喜右衛門が正直なところをいった。

兼続も苦笑して、

「ちと、奇抜すぎたかな」

そういうと、弥助があわてて言葉をそえた。

「とんでもございません。いかにも直江さまならではの学識と含蓄《がんちく》にあふれた兜でございましょう」

だが、兼続の表情はさらに思慮の影を宿した。

「こうした大義を掲《かか》げるとな……」

「はっ……」

弥助ばかりか、喜右衛門も兼続の次の言葉を待った。

「戦さと現実とのちがいに悩むのじゃ」

「旦那さま。どういうことでしょうか？」

と、喜右衛門が不安げに訊いた。

「愛のための戦さを唱《とな》えても、実際は民百姓を悩ませるだけのことにもなりかねぬ。戦さというのは、そう単純なものではない」

「亡き謙信公も義のための戦さを唱えられましたぞ」

喜右衛門は、兼続の真意を探るようにいった。

「うむ。しかし、戦場に出てしまえば、北条の戦さとも、武田の戦さとも同じじゃ。兵士は勢いあまって、かならず乱暴、狼藉《ろうぜき》をはたらき、田畑を荒らし、奴隷《どれい》を狩り、民百姓を苦しめる。そのことは、お屋形さまもまた、ご存じだったはず……」

喜右衛門は息を飲んだ。

お屋形さまの批判につながっていくのか——。

だが、兼続はふぅっと表情から思慮の影を消し、

「まあ、よい。それは、わしひとりが悩めばよいことじゃ」

と、いつもの穏やかな笑みを取り戻した。

もう一度、三人が兜のできに目をやったときだった。

本丸に大声が飛び込んできた。

「若松城からの早馬にござりますっ」

一同は顔を見合わせた。

この時刻に若松城からの早馬が着くというのは、夜を徹して駆けつづけてきたからにちがいない。そのようなことは、かってなかったことである。

直江兼続はいそいで、玄関へと出た。

息を切らして座り込んだのは、景勝の近くに詰める横井甚九郎《よこいじんくろう》という若い男だった。

「直江さまに、申し上げますっ」

「どういたした？」

「昨夜。伏見の石田三成さまからの密書がとどきました。それによれば、太閤殿下がご逝去《せいきょ》あそばされたとのこと……！」

「太閤殿下が……ついに……」

兼続は絶句した。

しかし、予想できなかったことではない。

秀吉の病状が思わしくないことは、すでに石田三成からも、伏見屋敷の留守居役《るすいやく》・千坂対馬《ちさかつしま》からも、幾度か手紙をもらっていた。

だから、その報《しら》せは驚きよりも、むしろ強い感慨をもたらした。

（あの、太閤秀吉がついにこの世を去ったか……）

なんのかんのいっても、乱れた天下を統一した人物である。いくら旧主の織田信長があらかた基礎をととのえたとはいっても、徳川や北条、毛利や島津《しまづ》などの強敵を切りしたがえたことは秀吉の手柄である。

上杉景勝は、謙信亡きあと、およそ八年、越後の地を守りつづけたが、天正十四年（一五八六）に大坂城の秀吉のもとへ伺候《しこう》し、実質上、その臣下となった。あのとき、世は秀吉の下にまとまろうとする気運があり、当時の上杉の力では、秀吉に敵対するのは不可能であった。

秀吉は、表面上は上杉をきわめて優遇した。だが、景勝と兼続は、ひたすら秀吉に心服し恩義に感じ入っていたわけではない。

朝鮮への派兵といい、伏見城の普請《ふしん》工事といい、そのつど上杉の財と人手を使役《しえき》させられた。

「秀吉の人づかいのうまいことよ」

景勝はしばしば、兼続にこぼしたものである。

だが、その秀吉は、予想したよりもはるかに早く、この世を去った。この事実に感慨を覚えない武将はいるはずがなかった。その中身は、さまざまであったとしても。

直江兼続は、報せを聞いた瞬間、今朝の夢はこれを知らせるお告げでもあったかと思った。

しかし、すぐに、自分はこの日がくることを、ずっと恐れてきたために、あのような夢を見たのだと思い直した。

報せを受けるとすぐに、直江兼続は五騎ほどの連れを伴《ともな》って、米沢街道を駆けた。山田喜右衛門には、手短に留守中のことを指示した。おそらく、若松城から直接、伏見に向かうことになるはずだった。

米沢街道は、会津と米沢を結ぶ唯一の道である。

途中、綱木《つなき》峠を越えるが、ここは人がようやくすれちがえるほど、狭隘《きょうあい》な道である。

兼続たちは、互いに注意をうながしながら進んだ。

綱木峠を越え、やがて檜原《ひばら》の集落を抜けて、道が下り坂になると、会津盆地が一望のもとに見渡せてくる。

「少し休むか」

兼続たちは馬を降り、何度めかの休息をとった。

兼続は竹筒から水を飲み、眼下の景色をぼんやり眺めた。

景勝の領土である会津《あいづ》はこの盆地だけではない。会津地方といえば、現在は福島県を三分割して、会津若松《わかまつ》市を中心にしたあたりを指すけれど、景勝の領土である会津は、現在の中通《なか》りと呼ばれるところまでを含んだ地域を指す。日本で二番目に広い県である福島県のおよそ四分の三ほどが当時の会津だった。

上杉家の前に会津を支配したのは、蒲生《がもう》家である。秀吉は小田原《おだわら》征伐のあと、伊達政宗から会津を取り上げ、松坂《まつさか》十二万石の大名だった蒲生氏郷《うじさと》をここに移した。秀吉にとって、会津は関東に封じた徳川家康を背後から押さえる役割と、不穏《ふおん》の気配を漂わす伊達政宗の出鼻を叩く役割を兼ねた、きわめて重要な国であった。当初、細川忠興がふさわしいという声が多かったのを、秀吉が氏郷の力量を見込んで、大抜《だいばっ》擢《てき》をしたのだった。

だが、蒲生氏郷は、秀吉の逝去の三年前、病いのために亡くなった。

なお、この氏郷の死に、直江兼続のかかわりが噂されたことがある。

氏郷は文禄《ぶんろく》二年（一五九三）の春、朝鮮征伐の本陣となった九州の名護屋《なごや》において、茶会の席で突然、吐血し、このときから病いを得たという。この吐血の原因は、密《ひそ》かに盛られた鴆毒《ちんどく》にあり、毒を盛ったのは石田三成と謀《はか》った直江兼続だと囁《ささや》かれたのである。

この噂は、京や大坂ばかりでなく、会津にも広く流布《るふ》された。何者かの意図があったのか。

しかし、そんな噂があることを耳にした兼続は、

「ほお。文禄二年の春にのう。そのころ、わしは、殿といっしょに朝鮮の地におったのだが、不思議なこともあるものじゃ」

と、一笑に付した。

こうした噂も、氏郷という人物を惜《お》しむあまりのことであった。

その氏郷が亡くなったのだから、秀吉はなにやら頭の上のほうでうそ寒い風が吹いているような気がしてきた。しかも、跡を継いだ蒲生秀行《ひでゆき》はまだ幼いうえに、家臣たちが派閥争いにうつつを抜かしはじめたのである。

こうして、越後から上杉が移封されることになった。要衝《ようしょう》の地の守護として、蒲生氏郷のあとを頼めるのは、上杉景勝以外にはいなかった。

上杉の不満を恐れた秀吉は、そのかわりというように、旧領の佐渡《さど》をそのままに残したばかりか、会津と接する出羽《でわ》の置賜郡《おきたまごおり》や、越後の東蒲原郡《ひがしかんばら》も加え、百二十万石に石高を増やしたのだった。

もっとも秀吉は、直江兼続の知謀に期待した分も大きく、
「三十万石は直江にやったつもりだ」
などと、いわずもがなのことをいった。兼続は秀吉からすれば陪臣であり、このころ直臣の大名でも三十万石を越える大名は十人ほどしかいないのだから、言葉どおりに三十万石をもらえるわけがない。米沢の一部の六万石が、兼続の実質的な所領だった。

それはともかくも、いまの上杉家の領土は広大である。

いま、兼続はかなり高い山の上にいるが、それでも全領土を見渡すことはできない。

兼続は複雑な思いで、会津の地を眺めつづけた。

眼下の景色は、兼続の泡立《あわだ》つような思いとは別に静謐《せいひつ》そのものだった。

一面に広がる水田は、すでに刈り取りもすみ、茶色く変わっているが、農村独特の枯れた味わいを見せている。落ち葉でも焼いているのか、ところどころで青白い煙が立ちのぼっているのが、単調な景色に彩《いろど》りを添えていた。

この広い領土を統括する上杉家の執政としては、ある種の所有欲から来る満足感のようなものを覚えてもよさそうだが、兼続にそんな感情は現われない。

むしろ、翳《かげ》りが広がるばかりだった。

（せめて、越後にいるときに、太閤が亡くなってくれていれば、天下盗りも望めたかも知れぬのに……）

不遜《ふそん》な感想は正直なものであった。

上杉家は越後という国にあまりにも深く根づいていた家柄だった。謙信の代までは、いくつかの豪族が離合集散を繰り返したとはいっても、上杉の名は広く重きを持ち、領民たちにも強い支持を受けてきた。

いざ、戦さともなれば、雑兵《ぞうひょう》として、あるいは輸送要員として、多くの領民を駆り出さなければならないときがある。このとき、領民が支配者に抱いている恩義や親しさによって、働き具合はまったくちがってくる。

会津に入封したのは、つい今年の正月のことである。領民たちはまだ、ほとんど上杉家になじんではいない。

（いざ、ことがあったときの兵力は、越後の半分とみるべきだろう……）

越後九十万石から、会津百二十万石。たしかに石高は増えた。

しかし、石高以外ではむしろ失ったもののほうがはるかに大きいのだ。

家臣たちは、だれもが、越後に強い郷愁《きょうしゅう》を持っている。

（いや、郷愁よりももっと強い気持ちだ……）

春日山と謙信への信仰。聖地を求める巡礼者のような気持ちだろう。

この先、なにかことがあれば、上杉という家を、まったく別の土台の上で守り抜かなければならないのである。

そのことを思うと、気が滅入《めい》るばかりだった。

「では、そろそろ出発するとしようか」

兼続は磊落《らいらく》さを装《よそお》いながら、馬へ飛び乗った。

三

上杉景勝は、若松城本丸の裏手にある安土《あずち》で、弓を引いているところだった。

直江兼続は近習が景勝に到着を知らせようとするのを手で制して、そのようすを、しばらく見守った。

見事な腕前である。兼続が見ているあいだで、十立《たち》ほど引いたが、的を外したのはひとつ、ふたつ程度でしかない。

景勝は、上背《うわぜい》のある兼続と比べると、頭半分ほども小柄である。骨組もそれほどがっしりしているほうではない。しかし、鍛練と節制で鍛え上げられていて、無駄な肉は少しもなく、精悍《せいかん》なしなやかさを感じさせる。

その身体から湯気が立ちのぼっている。

景勝が矢を取って、つがえ、きりきりとしぼって、放った。

ひゅうという音が響く。その音が、直江兼続の記憶のなにかを刺激した。

兼続の脳裏に、まだふたりが少年のころのことが思い浮かんだ。

ふたりは、謙信に心酔し、心酔しきったあげく、あらゆる瑣末《さまつ》なことまで、謙信を真似《まね》ようと競い合ったものである。それこそ、話し方から飯の食い方、馬の乗り方や笑い方にいたるまで。

しかし、景勝はむしろ不器用なほうだった。兼続のほうがなにをやっても、謙信の真似がうまかった。

謙信は馬上にあるとき、左肩を突き出すように前に傾け、顔を右に背《そむ》けるようにして乗る癖があった。それを真似ようとすると、手綱さばきがうまくいかなかったりするのだが、与六兼続はこれを器用に真似た。

あるいは、謙信が書見をするとき、左手を手刀のようにして、膝を叩きつづける癖もあった。この癖も、与六兼続が気がつき、すぐに真似るようになった。

そんな兼続を、景勝はよく、羨《うらや》ましげに見つめていたことを覚えている。

しかし——。

（いまは、殿のほうが、はるかに亡きお屋形さまに似てきている……）

表面的なことや、瑣末なことではない。充分に本質的な部分がである。

ことに臨《のぞ》んださいの豪胆さ。ことを決するさいの果断さ。義を掲げる清冽《せいれつ》さ。にじみ出る信念の強さ。謙信公ならばこうあったであろう——という、家臣たちが望むとおりの姿に、景勝はなりつつある。

おそらく、それには景勝の不断の努力があったにちがいない。

（あの殿は、毎日、毎夜、謙信公ならどうしたか、それだけを考えて生きてこられたのだろう……）

それはすでに完成の域に達しつつあった。

しかし、兼続のほうは、謙信への熱い思いは、年々薄れていっている。兼続はときおり、景勝の努力に対して後ろめたさのような気持ちを覚えることもあった。

十立分の矢のくぎりがついたところで、

「殿……」

と、直江兼続は声をかけた。

景勝はこちらを見て、来たか、というように小さくうなずいた。無表情だが、冷たさはない。景勝が内面にやさしすぎるくらいの心を持っていることは、兼続がもっともよく知っていた。

ふたりは並んで歩き出した。

「いよいよ、このときが来ましたな。さて、どこまで乱れますことやら」

「やはり、乱れるか」

「必定《ひつじょう》でございましょう」

「だろうな。して、火元はやはり内府か？」

と、景勝は訊いた。内府とは、正二位《い》内大臣、徳川家康のことである。

なお、景勝の官位は中納言《ちゅうなごん》であったため、会津中納言とか、中納言の別称である黄門《こうもん》とも呼ばれた。

「どうでしょうか。だが、内府さまが動けば、乱は早まりましょうな」

「なるほど。歳のこともあるからのう」

景勝は理解が早い。

しかし、この英明さを表に出すのは、兼続といるときだけである。

普段は愚鈍《ぐどん》かと誤解されるほどに口が重い。

口が重いだけでなく、景勝は決して笑顔も見せない。いかに景勝が笑わない男だったかを伝える逸話《いつわ》がある。

景勝は屋敷に猿を飼ったことがあった。

この猿はたいそう賢い猿だったが、あるとき、景勝が愛用する頭巾《ずきん》をかぶり、いつも景勝が座る席にちょこなんと腰をおろし、いかにも景勝が家臣に指図するような手つきをした。じつに巧《たく》みな物真似だった。

この姿を見たとき、景勝は思わず頬をゆるませた。

つねに景勝のそばにいた近習たちが、景勝が笑みを浮かべたのを見たのは、あとにも先にも、このときただ一度だけだったというのである。

もともと多弁ではなかった景勝だが、御館《おたて》の乱に勝利して、謙信の跡を継いでから、極端に無口になった。いや、無口にならざるを得なかった。

うっかりしたことをいえば、

「亡き不識庵さまであったら……」

というような無礼な言葉を、家臣から面と向かっていわれた。

古い家には、かならずこのように、先代の主をことあるごとに持ち出す年寄りがいる。上杉家においては、ことにそうした家臣が多かった。

それがどれほど辛《つら》いことであったか。

（謙信と比較される辛さが、ますます殿の口を重くしたのだ……）

幼年のころから景勝につかえた直江兼続には、そのあたりの気持ちが痛いほどにわかった。

しかし、兼続といるときだけは、そこまでしかつめらしくはない。

ときには、笑みこそ浮かべないが、機知に富んだことを語ったりもするのである。

景勝と直江兼続は、本丸の中の書院に入り、腰をおろした。

喉《のど》の渇《かわ》きをいやすため、景勝が茶を一杯飲むのを待って、ふたたび話をつづけた。

「兼続。毛利にその気はあるのか？」

と訊いた。当然ながら、景勝もほかの大老の動きは気がかりである。

「輝元さまにはおそらくそのような気はありますまい。しかし、あそこには安国寺《あんこくじ》が
おりますから」

毛利の外交僧、安国寺恵瓊《えけい》である。

怪僧といっていいが、弓削道鏡《ゆげのどうきょう》のようなおどろおどろしさはない。

このころ、すでに伊予《いよ》や安芸《あき》に七万石を有する大名のひとりである。

そればかりか、禅僧としても頂点をきわめ、京都五山の筆頭・東福《とうふく》寺の住持から、

南禅寺《なんぜん》の住持となっている。

　安国寺というのは、それとは別に住持をつとめていた安芸にあった寺で、どういうわけかこの名を名字がわりに愛用していた。

　この恵瓊の名をいちやく世間に知らしめたのは、信長が存命中に手紙に書いたひとつの予言のためである。すなわち、

「信長はいずれ高ころびにあおのけにころぶだろう。だが、その下にいる藤吉郎《とうきちろう》というのはなかなかの男である」

として、信長の末路と秀吉の可能性を示唆《しさ》し、ものの見事に的中させた。

　恵瓊はまた、予言したばかりでなく、秀吉に力を貸しもした。本能寺《ほんのう》の変の直後、秀吉が水攻めの途中だった高松《たかまつ》城主の清水宗治《しみずむねはる》を切腹させて、中国大返しの成功を助けるという歴史的役割も演じている。

　その後も恵瓊は、外交僧として、毛利家の中で隠然たる力を持ちつづけている。

　兼続は、五山の僧たちともつきあいがあり、当然、恵瓊の人となりについてもよく知っている。わずかな人数で茶席をともにしたこともあるし、秘蔵の書籍を見せ合ったこともあった。そんなとき交わした会話からも、かつて信長に追われた将軍・足利《あしかが》義昭《よしあき》を擁《よう》して、毛利を上洛させようとしたその野心は、まだまだ消え失せてはいな

い、と見ていた。

「なるほどな。安国寺あたりがけしかければ、どう出るかはわからぬか」

景勝は、兼続の見通しに同意した。

つづいて景勝は、

「だが、前田にはその気はないだろう?」

と訊いた。

「おそらく。ただ、なにせ前田利家公もお歳を召しておられます。利家公が亡くなったとき、どうなるか。気がかりなところではありますな」

「では、宇喜多はどうだ、兼続?」

「あそこは、内部がごたついております。いま、しばらくは、天下をどうこうというわけにはまいりますまい……」

宇喜多家の内部は、二派に分かれて暗闘をつづけている。一派は先代直家以来の国許の家臣たちであり、もう一派は大坂屋敷にいる改革派と目《もく》される家臣たちである。これには日蓮《にちれん》宗とキリスト教という宗教の争いも加わり、かなり深刻なことになっていた。

「あとは、上杉か……上杉はどうじゃ、兼続?」

景勝は、莞爾《かんじ》ともせずいった。

「上杉ですか……」

と、かわりに兼続が小さく微笑《ほほえ》んで、

「上杉は、これまで挙げたような大老衆とは、まったく別でござりましょう。姑息《こそく》な方法で天下をわがものにしようなどと狙ったりはしないはず。おそらく、独自の動きを取っていくものと思われます」

「よくぞ、申した」

景勝は、わが意を得たりとうなずいた。

「だが、これからの動き、大老よりもむしろ、豊臣家の内部にこそ、火種がくすぶっているように思われます」

「治部少輔と荒武者どもか」

治部少輔とは、石田三成のことであり、荒武者とは、加藤清正や福島正則ら、のちに武断派といわれる連中のことである。

太閤の懐《ふところがたな》刀として、行政のほとんどを動かしてきた石田三成と、加藤清正や福島正則などの武断派とは、朝鮮征伐以来、犬猿の仲になっていた。

遺恨のきっかけは、石田三成が朝鮮征伐の奉行役として、加藤清正の現地での罪科を秀吉に報告し、日本に召還されて、閉門の処分にあったことにはじまる。
清正の罪科といっても、ともに戦っていた小西行長《こにしゆきなが》を嘲罵《ちょうば》したとか、許可もない
のに豊臣の姓をつかったといった、奮戦の手柄と比べたらたわいのない罪といえた。
それでも三成の報告はよほど激越だったらしく、清正にとっては屈辱的な処分とな
り、激しい恨みを抱くにいたったのである。
だが、直江兼続は、
（三成と、清正や福島正則との確執は、もっと根が深い……）
と見ていた。
かれらは、まだ少年のころから、秀吉のもとで同じ釜の飯を食いながら育った。
兼続にもかつて景勝の近習として、歳を同じくする少年たちと生活をともにした経
験があり、そういった少年たちのあいだに起きる確執が理解できた。
利発ではあるが、おなごのように華奢《きゃしゃ》な肉体の三成と、体格にすぐれ、粗暴さも侍
の条件と思い込んだ清正や正則たちのあいだがどうなっていくか、兼続は目の前に見
るようにわかる。
小突《こづ》かれ、殴られ、嘲笑されつづけた三成少年はいま、それを意識していたかは別
としても、ひとつの復讐をしてやったのだろう。

その石田三成と上杉の縁は深い。

景勝が初めて秀吉と対面し、やがて大坂城に伺候して、実質的に臣下となったとき、このあいだをとりもったのが石田三成だった。

最初に兼続と三成が出会ったのは、天正十三年（一五八五）のことである。

秀吉はその二年前に、賤《しず》ケ岳《たけ》の戦いで柴田勝家を破り、すでに信長の後継者としての足場を確立していた。この勢いを駆って、越中《えっちゅう》の佐々成政《さっさなりまさ》を攻め、上杉景勝にも出陣を要請してきたのである。

景勝はこれに応《こた》え、兵八千を率いて越中に出陣した。

このとき、越水《こしみず》において、秀吉と対面し、同時に直江兼続と石田三成も初めて顔を合わせた。

（秀吉の懐刀は、これほど若いのか……）

と、兼続は驚いたものである。

そのくせ、ふたりは同じ歳であり、このとき二十六歳だった。

主の秀吉に似て、よく笑う若者だった。

兼続は、北国の武士にはない、明るさや闊達《かったつ》さを、若い三成に感じた。それは決していやな印象ではなかった。

むしろ、その向こうに、憧れていた都が見えるような気がした。

三成もまた、兼続のことを、鄙《ひな》には珍しく、話のわかる男と思ったらしかった。

ここまで話してもいいのかと兼続が心配するほど、三成は主の家の内情なども語った。

このとき、ふたりはわずか数日のつきあいで、すっかり意気投合していたのである。

以来、三成はなにくれとなく、上杉の肩を持ち、秀吉とのあいだを周旋《しゅうせん》してくれたものである。

会津移封のさいも、三成は目付役として会津を訪れ、しばらく若松城に滞在したことがあった。

おのれの知謀を自負し、傲慢《ごうまん》の気味のある三成が、数少ない、話の通じる相手として認めていたのが、直江兼続だった。

では、上杉は、豊臣家内部の争いにおいては、石田派かというと、景勝や兼続は、そこまで三成に肩入れするつもりは、少なくともこのころにはない。

それに、三成と敵対する加藤清正や福島正則たちさえも、上杉の家に対しては尊敬と信頼の念を抱いているらしいのだ。これはおそらく、武を振りかざすかれらにも、不識庵謙信への畏《おそ》れがあるためだと、兼続は睨《にら》んでいた。

そういった機微も、景勝は承知している。だから、

「治部少輔が、だれを味方に引き込もうとするかだな」

と、いった。

「まさしく」

「治部少輔が内府と結ぶことはあるか？」

「わかりませぬ。そうなったときが、もっとも強力な体制ができあがるでしょうが」

この時期──。

徳川家康と石田三成の関係は決して悪いものではない。

事実、極秘事項としたはずの秀吉の死を、もっとも早く家康に告げたのは、石田三成であった。

「だが、兼続。治部少輔がいちばん当てにしておるのは、やはりそなたであろう」

「さて、どうでしょうか。いずれにせよ、うかつなことはいたしませぬので、ご安心を」

兼続の答えに、景勝は満足げにうなずいた。

「葬儀は来年になるかのう」

「朝鮮に行っている連中の引き揚げが完了してからでしょう」

「どんな動きが出てくるか、やはりかの地におらねばわかるまいな」

「ええ。会津の仕置きも気がかりですが、行かねばなりますまい」

「兼続……」

「はっ」

「太閤の死、越後におるときか、あるいはあと二、三年後にしてもらいたかったのう。いまの上杉では、戦さが起きたとき、どれくらい戦えるのか、見当がつかぬわ」

「御意《ぎょい》……」

どうやら景勝も、同じ思いであるようだった。

四

若松城下の町を出て、北へ五里ほど行ったあたりに、深い竹林に囲まれた鄙びた庵《いおり》があった。竹の庭は三、四百坪ほどあるが、庵そのものは小さなものである。

近くの百姓たちは尼寺と呼んでいたが、寺ではない。

そこにはたしかに髪を下ろした女が、身のまわりの世話をする初老の夫婦者とともに住んでいた。

すでに夕暮れが迫りつつあるころ——。

この庵を訪れた武士があった。直江兼続である。

兼続は、景勝と京へのぼる算段をしたあと、ただ一騎で、ここへやって来た。馬を入口につなぐと、竹林の中の曲がりくねった道を進み、藁《わら》屋根の小さな庵の前に立って、中へ声をかけた。

「華渓院《かけいいん》さま……」

すぐに尼僧が姿を現わした。

翳《かげ》りはじめた光の中でもはっきりとわかる色の白さである。歳のほどは兼続とたいしてちがわないようだが、細面《ほそおもて》の清楚な顔だちは、鄙びた庵にはふさわしくないほどの美しさだった。

「直江どの……」

と、華渓院と呼ばれた尼僧がつぶやいた。

「ご無沙汰をいたしておりました」

兼続はそういったが、頭を下げるでなく、華渓院の目をやわらかな眼差《まなざ》しで見つめた。

「挨拶はよろしいですから、早くおあがりになって」

華渓院は先に奥にもどった。

兼続もまた、それにつづく。初めての訪問ではないことがうかがえる。

「食事はすまされましたか」

「いや」

「ちょうどようございました。ならば……」

といって、奥の間に声をかけた。

「直江どのの食事もおねがいしますよ」

しばらく待つうちに、囲炉裏《いろり》ばたにふたり分の食事が運ばれた。

中に、かるく炙《あぶ》った鴨《かも》肉があった。いい香りがしている。

「ほう、鴨ですか」

「意外ですか」

「ええ。華渓院さまは、霞《かすみ》や雲のようなものばかり食べているような気がいたしております」

兼続がそういうと、華渓院は、

「ほっ、ほっ、ほっ」

と、笑い、

「直江どの。わたくしはすでに、尼ではございませぬよ」

「あっ……」

兼続は目を下に向けた。

いった華渓院のほうも、顔を赤らめている。

華渓院は、上杉景勝の妹である。澄んだ目元には、景勝と似たところもある。

かつては妙姫《たえ》といった。むろん、兼続は幼いころから見知っていた。

その妙姫は、北条氏康のもとから上杉家に養子に来ていた景虎《かげとら》に嫁いだ。

故謙信は、景勝という跡継ぎの候補がありながら、やはり跡継ぎとする約束で、北条から養子を取ったのである。謙信は、越後と越中は景勝に、能登と佐渡は景虎に与えるつもりだったともいわれるが、文書にしたためたわけではなく定かではない。

その景虎と、景勝とが、謙信の跡目を激しく争った。家中を二分したばかりでなく、北条や武田をも巻き込んだ、のちに御館の乱と呼ばれる、凄惨《せいさん》な争いだった。

決着がつくまで二年ほどかかったが、御館の乱は、景勝の勝利に終わった。

北条という後ろ楯《だて》のあった景虎が有利と見られていたのだが、景勝の執念が勝利をもたらしたといえる。

このとき、景勝側は、景虎だけでなく、妙姫とのあいだに生まれていた道満丸《どうまんまる》も殺してしまった。

妙姫は、兄の景勝を激しくなじり、絶望し、越後の尼寺で出家し、華渓院を名乗ることになった。

その華渓院のもとを、兼続は十年ほど前から、しばしば訪れるようになっていた。

兼続としては、寂しさを慰めてあげたいという一心だったが、やはり恋慕の情は初めからあったのだろう。

やがて、上杉家の執政とこの尼僧とのあいだに、男女の心が通じ合うようになった。

そのころに、兼続がつくった『織女惜別《しょくじょせきべつ》』という漢詩がある。

二星何恨隔年逢
今夜連床散鬱胸
私語未終先洒涙
合歓枕下五更鐘

二星何ぞ恨まん隔年に逢うを
今夜床を連ねて鬱胸《うつきょう》を散ず
私語未《いま》だ終わらざる先ず涙を洒《そそ》ぐ
合歓枕下五更《ごこう》の鐘

牽牛《けんぎゅう》と織女の伝説に託しながら、うたわれているのは、忍び逢うのもままならない秘めたる恋である。

五更とは、すでに明け方である。その鐘をふたりで聞くというのだから、関係の深さもうかがえる。

越後から会津に上杉家が移封されるとき、華渓院はこのまま越後に残って、亡き息子の霊を慰めたいといった。兼続はそれを説き伏せて、会津に小さな庵を結ばせたのだ。景勝でさえ、知らないことであった。

向き合って食事をするふたりのあいだに、固くなっているようすもない。

逢う回数こそ多くはなくとも、ふたりがむつみ合って久しいのだ。

「明後日あたりには、また伏見にまいります」

「まあ……兄もですか」

「はい。わたくしよりは、数日遅れて発つことになりましょうが」

「なにか、ありましたか？」

華渓院は不安げに訊いた。

「太閤がみまかりました」

「そうでしたか」

といったが、驚きもない。華渓院の心を動かすものは、人の世にはなく、季節の移ろいとか、鳥たちのさえずりだけになっていることは、兼続も知っている。

「ところで、華渓院さま。殿はご立派になられましたぞ。わたしは近頃、殿のお姿を見るたびに、亡きお屋形さまに似てこられたと感心するほどです」

「そうですか」

と、華渓院は笑いを浮かべたが、それには皮肉な影があった。

「直江どの……」

ためらいの口調がある。

「はい……」

「わたくしは以前から不思議に思っていたのですが、兄は、父上が亡くなったわけをご存じなのでしょうか」

「えっ……」

兼続は絶句した。

華渓院は恐ろしいことを語っているのだ。

景勝と華渓院の父は、兼続が生まれ育った上田庄の坂戸城を本拠とした長尾政景であった。

長尾政景は当初、謙信に抵抗の姿勢を見せていたが、謙信の姉である仙洞院をめとってから、謙信にしたがうようになった。

しかし、反逆の気持ちはつねに宿していたのである。

その政景は、景勝がまだ七歳のころに、上田庄の野尻《のじり》池で舟遊びをしているとき、あやまって舟から落ちて溺死した。このとき、いっしょに舟に乗っていた謙信の腹心・宇佐美《うさみ》定満《さだみつ》とともに。

この政景の事故には秘密があった。

引き上げられた政景の死体の肩に刀傷があったのである。すなわち、政景は宇佐美定満によって謀殺されたのだった。

命じた者は、謙信にほかならなかった。

このことは、春日山では公然の秘密だった。

謙信の養子となった景勝に、それを告げた者はあったかどうか。

「おそらく」

と兼続はいった。

「知っているのですか？」

と、華渓院は目をみはった。

「これは、わたくしの勘にすぎないのですが……」

いつだったか、兼続は景勝とともに、野尻池の脇を通りかかったことがあった。そのとき、景勝はまったく突然に、表情をこわばらせたことがあったのである。兼続が話しかけても、しばらくのあいだ景勝は一言も口をきかなかった。その異様な表情の変化を、兼続は覚えていた。

「だとしたら、信じられませぬ。父を殺した人と知りつつ、兄はお屋形さまを敬《うやま》い、お屋形さまに倣おうとさえしているのでしょう……」

兼続には答えられない。

そこにも景勝の、人知れぬ苦悩があったのではないか。

「わたしはいまだに、道満丸を殺害させた兄が許せないというのに……」

華渓院は袖を目に当てた。

それをいわれるのが、兼続にはもっとも辛い。道満丸殺害についてはからんでいなかったが、景勝を擁立し、景虎軍と戦い抜いたのが兼続なのだから。

しばし、沈黙が流れた。

「亡きお屋形さまは、怖いところがおありでした……」

ぽつりと華渓院がいった。上杉家中に根強く残っている謙信信仰から、この華渓院は離れたところにいるらしい。

「それは、やめておきましょう」

兼続はその先の言葉を封じた。

「そろそろ、引き取らせていただきます」

と、きっぱりといった。

竹林を出ると、丸く大きな月が中天にあった。

風は強くなってきていたが、雲はかけらもない。ひゅうひゅうという音は、竹林のざわめきばかりでなく、遠く星々のほうからも聞こえてくるようだった。

「お泊まりになっていけばよいのに」

華渓院は、その空を眺めながらいった。

同時に兼続の手に指がからめられた。指はしばらくのあいだ、兼続の掌《たなごころ》から指先までをやさしくなぞった。兼続はじっとしたまま、その指の動きを見つめた。白い指が懐かしい物語のように兼続をとらえ、慰労した。庵にもどりたい気持ちも高まっていた。しかし、今宵はここで帰ったほうが、慰撫された心が長つづきするような気がした。

やがて、兼続は静かにいった。

「明日もあれやこれやと伏見行きの支度《したく》がございますので」

兼続がいうと、華渓院はひとたびうなずいて、ゆっくりと頭を下げた。

道は城まで一本道である。迷うはずもない。

直江兼続は、後ろでいつまでも華渓院がこちらを見つめているのを感じながら、馬を走らせた。

この夜、兼続は城内の屋敷にもどってから、『逢恋』と題した漢詩をつくった。

風花雪月不関情　　風花雪月情に関せず
邂逅相逢慰此生　　邂逅《かいこう》し相逢うて此《こ》の生を慰《なぐさ》む
私語今宵別無事　　私語して今宵別れて事無し
共修河誓又山盟　　共に河誓《かせい》又山盟《さんめい》を修す

深夜——。

激しい風音のせいか、直江兼続はまたも謙信の夢を見た。

いや、夢は途中までで、そのあとに脳裏に流れていたのは、覚醒後のまぎれもない記憶の中の光景だった。

与六兼続は激しく嗚咽《おえつ》していた。

耳元に荒々しく酒臭い息がかかっていた。外は雪が降りつのっていて、冷え込みも厳しかったはずだが、耳元の息は熱かった。腐敗の臭いを含んだ嫌な熱さだった。同時に、おぞましいほど力強い手が、与六兼続の着物の裾《すそ》を無理やりに押し上げようとしていた。

与六兼続が、謙信に組み伏せられていたのである。

まだ、十四、五のころだった。

与六兼続が額を床につけたままあまりにも激しく泣きじゃくったため、謙信は困ったような顔をして、

「それほど嫌か」

と訊いた。声音には怒りもあった。

答えることはできなかった。なんと、答えればいいかもわからなかった。

本心をいえば、斬り捨てにされるかも知れないという恐怖もあった。耐えようと思うほど、嗚咽がひどくなった。

「それほどまでに泣くでない」

謙信は呆れたようにつぶやき、ついに去っていった。与六兼続はそれでもそのまま

の姿勢で、一晩中、泣きつづけた。

一度きりであった。

だが——。

（あのときから、わしはお屋形さまとは心が離れつつあったのだ……！）

いま、はっきりと兼続はそのことを悟った。

直江兼続にとって、もっとも思い出したくない記憶だった。

第二章　謀臣たち

一

伏見の家康の屋敷は、深い霧につつまれていた。

家康が伏見城からもどったのは夜もだいぶ更《ふ》けてからだったが、すぐに本多正信を部屋に招き入れ、小声で訊いた。

「上杉主従が会津からこちらに向かっているそうだな」

「はっ。伊賀者たちの報せによれば、直江兼続が一足先に会津を発《た》ち、まもなくこちらに入ることになりましょう」

「景勝はよほど遅れるのか？」

「いえ。景勝どのも半月ほど遅れて、すでに会津を発ったもようです」

正信の返答に家康は大きくうなずいた。

家康は、上杉主従の到着を待ち焦《こ》がれていた。

他の大老たちはすでに伏見に入ってきているが、いずれも家康の出方に警戒心をあらわにしている。

太閤亡きあと、この男がどう出てくるのか――。

いうまでもなく、それこそがもっとも気がかりであり、また家康としても自分の存在が注目されなければならないのだった。

「わしは早く、上杉と気脈を通じたい」

と、家康はぽつりといった。

「そうでございましょう」

「上杉にしても、太閤には含むところがずいぶんあったはずじゃ」

「それはもう……」

「わしと結ぶことになんの後ろめたさもあるまい」

「はい。ただ、上杉が天下を望むとしたら、ちと、厄介なことに……」

「うむ。佐渡《さど》よ」

と家康は本多正信の官称を呼んだ。佐渡守である。

「もしも上杉が天下を望むとしたら、どのような手順を踏むだろうな」

訊かれて本多正信はしばらく宙を睨んだ。

「手順……みどもであれば、なにもいたしませぬな」

「景勝どのはまだ若いのですぞ。確か、四十四ですわ。このまま、五年待ったとすると、天下の趨勢《すうせい》はずいぶんと違《ちご》うてくるでしょう。みどもも上様も、まだ生きていられるかどうか……」

「ほう……」

「嫌なことをいうのう」

家康は顔をしかめ、手元にあった薬湯を慌《あわ》てて飲んだ。

「いやいや、これは本気でお考えにならなければならぬことゆえ」

「わかっておるわ。次を申せ」

「前田利家公はもっと危ないでしょう。景勝どのより若いのは、毛利輝元どのと宇喜多秀家どの。どれほどやりやすいか。直江兼続などはそうしたことも充分、考慮にいれておるでしょうな」

「だろうな……わしは急がなければならぬのう」

「御意」

「それで、上杉とはどのように気脈を通じようかな」

「利をもって動かそうとしても、あの主従はちと、難しいかも知れませぬな」

「ふん。利を望まぬ者などおるか」

「謙信がそうでした」

正信がそういうと、家康は、

「ああ……であったな」

とつぶやき、途方に暮れたような顔になった。

「佐渡。ひとつ、思いついた。直江のような男は、家の中のことには弱いのではないかな」

「とおっしゃいますと？」

「なにごともきちんとした男は、家の中もしっかりしていないと気分が悪かったりするものじゃ。そちのように、家のことなど省《かえり》みもしないということはあるまい」

意地の悪そうな顔で、家康は正信の小さな目を見つめた。

「これは上様……」

「なんじゃ、そちでも家のことは気がかりか」

「倅《せがれ》めもひきつづいて、どれくらいご奉公できるのか、それを思うと夜もろくろく眠れませぬ」

「ファッ、ファッ、ファ。よく、ぬかしおるわ」

「では、直江のことは」

「うむ。まずは女房の機嫌取りあたりからはじめてみるのもいいのではないかな」

「なるほど……」

「むろん、わしも大老会議のおりは、できるだけ景勝と懇意になるよう、あいつとめるつもりじゃ。ただ、あの男……」

「どうかしましたか」

「なにを考えておるのやら、わからぬところがあるからのう」

外の霧はますます濃くなったようである。

犬の鳴き声さえも聞こえない夜のしじまは、天下盗りという巨大な謀略を語るには、すこし寂しすぎるようでもあった——。

二

景勝より一足先に会津から到着した直江兼続が、伏見屋敷の中にある別棟の屋敷に入ると、玄関口に妻のお船《せん》が待っていた。

「お待ちしておりました」

気の強そうな顔には笑みがある。久しぶりの対面はさすがに嬉しいらしい。

「うむ……」

とうなずいたが、お船のなにかが違う。

気がつかないふりをしてしばらく歩くうちに、着物のせいだとわかった。真っ赤な蝶《ちょう》の模様を散らしたずいぶんと派手な着物で、若やいで見えたのである。

振り向いて、

「きれいなべべを着ておるな」

と、からかうようにいった。

「あら、お気づきですか。似合いましょうか？」

お船は袖を広げ、歌うように答えた。

よく似合うといわなければならないところだが、小さく笑ってなにもいわなかった。他国の者などと話すときは、言葉を尽くし、決して人をそらさない兼続だが、屋敷にいるときはそうはいかない。

「あら、笑いましたな。意地の悪い……」

「そう怒るな。まるで娘のようだったからだ」

「お菊さまと、同じ柄《がら》の色ちがいなんですよ」

お菊さまとは、景勝の正室で、お船と同様、人質として伏見屋敷にいる。

「さぞかし高かっただろうな」

「ええ。人質暮らしですから、これくらいの贅沢《ぜいたく》はさせていただかなければ、気が滅入ってしまいますよ」

と、お船は厭味《いやみ》たらしくいった。

越後にいたときは、お船は決して贅沢な女ではなかった。むしろ、質素を旨《むね》とし、家計は倹約第一をこころがけていた。

だが、伏見に来て数年経つうちに、お船はむしろお菊さまよりも率先して、贅沢を楽しむようになっていた。それは、お船がいったように、人質生活から生じる気鬱《きうつ》の解消ということもあるだろうが、それに加えて秀吉のお膝元であった伏見の華奢に染まったからにちがいない。

この伏見屋敷にしても、襖《ふすま》や欄間《らんま》など、かなり贅を凝《こ》らしたつくりになっているため、この中にいればむしろ衣服も贅沢でなければおかしいくらいだった。

「なんですか、あなたこそ、帰ってくるそうそう説教でございますか」

お船はすねた表情を隠しもせずにいった。

庭に面した奥の間に座った兼続に、お船は声をひそめていった。

「伏見は大変でございますぞ」

「なにがだ」

「すっかり知れわたっておりますもの」

「…………」

いうまでもなく、太閤の死についてだろう。

「下々《しもじも》の者にまでは伝わってはいないにせよ、まず大小名の家中の者なら、ほぼだれもが知っている様子です」

権力者の死がしばらくのあいだ秘されるのはままあることであり、太閤の死も秘されている。だが、太閤ほどの権力者になると、それを隠しつづけることは不可能である。

しかも、今度の場合は、太閤の次を狙う者たちもすでに権力の内部に深くかかわってしまっている。そうした連中を通して、秘密が洩《も》れ出していくのは、どうしようもないことだった。

ただし、朝鮮の地には、まだ引き揚げを完了していない兵が五、六万ほどいる。これらの兵を無事故国に引き戻すためには、太閤の死を明や朝鮮だけには絶対に知られてはならなかった。

「内府どのの周囲に人が集まりつつありますぞ」

と、お船はいった。

「だれに訊いた？」

「ほっほっほ。それぐらいのことは、いくらでも耳に入ってきますよ」

おそらく、親しくしている大名の女房衆やら、大名屋敷の出入り商人どもから仕入れた話だろう。

お船は政治向きに首を突っ込むことを好んだ。

しかも、それを手厳しく禁じる立場に、兼続はなかった。

兼続は天正九年（一五八一）に、直江家に婿として入った。直江家は上杉麾下《きか》の名門として知られた家柄であり、数年前の当主は直江信綱《のぶつな》という人物だった。

ところが、この直江信綱は、まったくのとばっちりを受けて、斬殺されてしまった。部将同士の喧嘩で刃傷《にんじょう》沙汰が起きたとき、たまたま同席していたため、刃《やいば》を受けることになってしまったのである。

すでに御館の乱に勝利し、上杉家の当主となっていた景勝は、この名跡《みょうせき》が途絶えるのを惜しんだ。そこで、無二の右腕となっていた樋口与六を寡婦《かふ》お船に添わせて、直江家を継がせたのである。

兼続が二十二歳、お船が二十五歳のときであった。

だが、直江の家は兼続が無理に婿として入らなくても、途絶えるわけではなかった。お船にはすでに亡き信綱とのあいだに男子があったからである。

それでも景勝は、この婿入りを強引にすすめた。名跡を継がせることで、与六兼続を少しでも働きやすくしてやりたいという計らいであった。

このとき、お船はすでに誕生していた男子を僧籍に入れた。かたちだけの婿ではなく、兼続との子を直江の血として継続させていくということを示したわけである。

三つ年上のお船は、直江の家に誇りを持っていた。そればかりか、景勝が謙信の後継者となるさいに、きわめて重要な役割も果たしていた。

謙信は脳溢血《のういっけつ》で倒れたあと、昏睡状態にありながらも、春日山城において数日、命を保っていた。そのあいだ、看病にはげんだのが、このお船と、お船の父である直江景綱《かげつな》の後室のふたりの女だった。

そして、謙信が息を引き取ったすぐあと、お船は、

「いまわのきわに、不識庵さまは、後継者は景勝さまとおっしゃられた」

といい張ったのである。

謙信の最期を見届けたのは、お船ただひとりだった。このため、お船の発言は重大な意味を持った。

反景勝派は、あのような状態で謙信公がなにか語られたとは信じられないと異議を唱えた。だが、お船はそれらの異議を軽く一蹴した。

「この耳ではっきりと聞きましたぞ」と。

これが景勝擁立派にとって、大きな力となったことはいうまでもない。お船は、景勝にとっても、恩義のある人となったのである。

そうしたこともあって、お船は上杉家中の問題にも堂々と口をはさむことがあった。兼続に対してはもちろんのこと、景勝の妻・菊姫にも、そしてときには景勝本人にさえ、意見を述べることさえあった。

これには兼続も閉口しつづけてきたのだった。

「このあとの舵《かじ》取りは難しゅうございますなあ」

お船はしたり顔をしていった。目も鼻も口も大柄なお船の顔は、派手な美貌ではあったが、こうしたときはいかにも驕慢《きょうまん》に見える。

「なにがじゃ」

兼続はいささかムッとした。

「それはもちろん、徳川さまの肩を持つのか、それとも秀頼《ひでより》さまに忠誠を尽くすかに決まっていましょう」

きわどい話をぬけぬけとしていう。

兼続はさすがに腹にすえかね、怒鳴りつけようかと思ったときだった。

侍女のひとりが駆け込んできて、

「奥方さま。竹松《たけまつ》さまが咳込みだされました」

と告げた。

「また、発作かいの」

お船はようやく腰をあげて出ていった。

直江兼続は奥の間から庭に出た。

上杉家の伏見屋敷は、他の武将と比べても広大である。現在の伏見区景勝町と舞台《ぶたい》町がそれに当たる。

およそ三万坪。敷地の脇を高瀬《たかせ》川が流れている。庭の築山にのぼると、その高瀬川の流れも見えた。

（竹松はあいかわらず病いがちか……）

竹松というのは、兼続とお船のあいだに生まれた嫡子《ちゃくし》である。その上に、ふたりの娘もいる。

子どもたちは、三人が三人ともからだが丈夫ではなかった。兼続もお船も人一倍、健康にめぐまれているのに、子どもたちにはその頑健な体質が伝わらなかった。

（大事に育てすぎるからだ……）

兼続はときに、子どものひ弱さをお船のせいにした。子どもは陽と風に当てながら、泥まみれにして育てなければならないのに、お船は大事にするあまり、家の奥で真綿でくるむようにして育てた。だから、あんなにひ弱になってしまったのだ。

とくに、嫡男の竹松が病弱だ。喘息《ぜんそく》の持病があり、季節のかわりめごとに発作を起こす。風邪が引金になることも多いので、いつも厚着をさせて、極力、外へは出さないようにした。

逆にそのせいで、竹松は顔色が青白く、肌のどこかにはいつもただれやカサカサになったところがあった。

（まったく大坂城の秀頼公でもあるまいし……）

家のことを思って、兼続は憂鬱になってきた。

兼続は上杉家の内部ばかりでなく、他国の男たちからも羨望の的《まと》にされがちだ。文武両道をうたわれ、主《あるじ》・景勝の信望も厚い。自信に満ちた物言いや振舞いにも、自然な威厳がにじみ出る。

「直江どのは武士の手本のようなお方じゃ」

と広言する小大名さえいた。

上杉家では、もっぱら破格の出世が羨望の対象となった。薪《まき》や台所の用向きをする侍の息子から、景勝の小姓に取り立てられ、ついには景勝の腹心として上杉家でもっとも枢要の地位を占めた。しかも太閤や石田三成に引き立てられて、ほとんど大名あつかいの待遇を受けている。

だが、家中の場合はこれを妬《ねた》み、陰にまわると、兼続を「樋口与六」という旧名で呼ぶ者も少なくない。

兼続はそうした雰囲気を充分に察知していた。そして、その妬みの愚かしさを内心、せせら笑った。

（こうした立場に立つことが、どれほど厳しい毎日を課せられるものか、おぬしたちにその力があるなら、いつでも替わってやるぞ）

兼続の偽らざる気持ちだった。

他国の家老たちから羨ましがられる太閤や石田三成の引き立てについても同様だ。引き立てられていることは兼続も充分、自覚している。太閤秀吉にとっては陪臣なのにもかかわらず、まるで大名のように接してくれたことで、兼続の立場は対外的にも重きをなすようになった。

兼続は、秀吉から豊臣の姓をたまわっている。あの加藤清正ですら求めて得られずついには朝鮮の地でその姓を詐称して、三成から弾劾《だんがい》されたほどだった。

また、秀吉は、

「山城守《やましろのかみ》」

と官位名で兼続を呼ぶこともあった。この官位のほうは秀吉からもらったわけではないが、秀吉がそう呼ぶことで重みがちがってくる。

いくら当時の官位が名ばかりのものだったとしても、山城国はすなわち京の都であり、この官位は数ある国守名のなかでも名誉に満ちたものであった。

だが、こうした優遇には、秀吉一流の思惑が隠されていることはいうまでもない。

(おそらく、殿とわしとのあいだを引き離そうという思惑……)

と兼続は考えていたし、そのことは景勝とも率直に話し合っていた。兼続は、秀吉と直接、結びつこうという意思はまったく持っていなかったからである。

いくら優遇されたとしても、秀吉と直江兼続とでは肌合いがちがいすぎた。大法螺《ぼら》を勢いにまかせて実現させていくような治世にはとても賛同できなかったし、臣下にでもなればそれを強要されることは目に見えていた。

むしろ、治世に対する方針としては、家康のほうと肌が合いそうだった。もちろん、だからといって家康とすぐに接近するほどの軽佻《けいちょう》さは、兼続にはなかったのだが。

（他人から羨まれるようなことは、なにひとつない……）

直江兼続の実感だった。

家のことにしてもそうである。兼続の立場が中央でも重きを得るようになるたび、家の中はますます居心地のよさから遠ざかっていった。

（お船も、越後におるころは、まだ、あのようではなかった）

どこか名門意識を鼻にかけ、政治向きのことに平気で口をはさむことはあったが、まだあのようにつねに苛立《いらだ》っているようなことはなかった。

（あれも哀れなのじゃ……）

と兼続は思った。

高瀬川の川面《かわも》が、西陽を受けてきらきらと輝いていた。見れば、兼続の衣服も腕も、夕陽の茜《あかね》色に染まりつつあった。

なにかの気配で、兼続は後ろを振り向いた。

お船が立っていた。お船は黙って、兼続を直視している。久しぶりで会った夫を見る目というよりは、初めて見た男の値踏みでもしているような目だった。

お船は、華渓院のことを知っている。越後にいる頃、女の勘で違う女の存在を察知したらしく、お付きの者に兼続の行動を探らせたのである。そして、兼続がしばしば会っているのが主・景勝の妹で、その景勝が滅ぼした上杉景虎の妻だった妙姫だと知ったときは、かなりの動揺を示した。

「なんと恐ろしいことを……地獄に落ちましょうぞ」

とまでいった。

手近なところに側女でもつくっていれば、お船も動揺などしなかっただろう。だが、兼続がそういったつまみ食いのような女性関係は持ったりしないことは、お船もよく知っていた。

もしも兼続が女を持つなら、本気で心を魅《ひ》かれた女なのである。

それが、お船もよく知っている景勝の妹姫だった……。

お船は動揺から立ち直ると、華渓院のことはぷつりと口にしなくなった。そのかわり、兼続に抱かれることをいっさい拒否しつづけてきたのだった。

兼続とお船が結ばれてから十五年目のことだった。

そのお船の顔が茜色の光でにじむように輝いて見えた。

三つ年上のお船はすでに四十二になっている。女の歳は無残である。つややかな張りをたもっていた肌は、いつしか疲れたような皺《しわ》とたるみをはらんでいる。なまじ派手な美貌を誇っただけに、変貌はいっそう酷《むご》い。

（お船を頼りにした時代があった……）

兼続の胸に、やましさのような気持ちが広がった。

結ばれて五、六年のあいだは、お船のちょっとした慈《いつく》しみの言葉や励ましがどれほど力になったことか。お船は直江家の人脈や、家に伝わる文書などを巧みに利用して、兼続を背後から支えてきた。

一度、こんなことがあった。

天正十四年（一五八六）六月、景勝が兼続を伴って大坂城の秀吉のもとへ伺候することになったとき、一門の色部長実《いろべながざね》から、兼続の準備不足をなじられたことがあった。秀吉への献上物に不備があり、衣服などの礼法にも誤りがあるとしたのだ。

このときお船は、直江家に伝わる日誌を持ち出してきて、色部に直接、

「直江家の家伝書によりますと、夫・兼続のしたことに誤りはありませぬが」

と申し出たのである。

直江家は謙信の外交や公家の接待を担当してきた家でもあったため、色部は引っ込まざるを得なかった。

ところが、この家伝書はお船のつくった偽書であった。

（わしが直江の家に入らなかったら……そして、そこにいたのがお船でなかったら……）

いまの自分はないと兼続は思った。そうした意味でも、お船は大事な女だったし、そのことを忘れたことはなかった。

にもかかわらず、こうしてふたりのあいだには、いつのまにか冷ややかな距離ができてしまっている。兼続は時の流れに、抗《あらが》いがたい力を感じた。

（われらは残照の中にあるのか……）

心の中にも、静謐《せいひつ》ですがれた景色が広がっていくようだった……。

三

直江兼続はもっとも会わなければならない男に、なかなか会えずにいた。

石田三成である。

三成は、太閤の死後まもなく、朝鮮在住の日本軍の撤退を指揮するため、博多《はかた》に行ってしまった。

この時期、伏見を離れるのは、三成としても心残りはあっただろう。しかし、五万とも六万ともいわれる軍をすみやかに撤退させる手配を行なうのに、三成ほど適した能吏がほかにいないのも事実だった。

（あの愚行のため、太閤が一代で築いた天下も危機に瀕《ひん》するとは、太閤自身も考えてもみなかったことだろう……）

直江兼続は冷ややかに朝鮮征伐の愚行を振り返った。

朝鮮の戦役では、上杉軍はまったくといっていいほど、貢献を果たしていない。景勝が秀吉の名代《みょうだい》として、釜山《ふざん》に上陸したのは、文禄元年（一五九二）の六月十七日のことである。もちろん、兼続もつきしたがった。

第一陣の小西行長軍が朝鮮に上陸したのは、それに先立つ四月十三日のことだった。

以後、秀吉軍は破竹の勢いで朝鮮軍を蹴散らし、上陸からわずか二十日で、首都漢《かん》城《じょう》を占領した。

五月七日には漢城に諸将が勢ぞろいして、朝鮮の地を八つに分割し、それぞれが統治することを決定した。

このあたりまでは、まだ秀吉軍は意気軒昂《いきけんこう》だった。

だが、その漢城会議が行なわれているころ、慶尚道《けいしょうどう》から全羅道《ぜんらどう》をめざしていた安国寺恵瓊《えけい》の軍が、郭再佑《かくさいゆう》率いる義兵の軍に悩まされていた。のちに、秀吉軍をさんざんな目に追い込む義兵軍が蜂起《ほうき》したのである。

景勝と兼続が朝鮮に在陣したのは、釜山にほど近い熊川城だった。

この城の修理が景勝に与えられた任務であった。秀吉はやがてここに司令部を置く魂胆《こんたん》であった。

兼続は熊川城に陣を敷くあいだ、きわめて厳しい軍律をたもった。いっさいの略奪、暴行を禁じ、これを破る者は、即刻、死罪とした。

戦いらしきことはほとんど行なっていない。

兼続がこの地で行なったのは、書物の渉猟《しょうりょう》だった。『附釈音周礼注疏《ちゅうそ》』四十二巻、『中庸章句大全』四巻、『宋名臣言行録』七十五巻、『大明一統志』九十巻、『新編古今事文類聚《るいじゅう》』二百二十一巻などの膨大な書物を持ち帰ったのだった。

戦さよりも、書物の渉猟にはげむ兼続に対し、ある武将は、

「直江どの。そのようなものは田のこやしにもなりもうさぬぞ」

と揶揄《やゆ》した。

猪武者《いのししむしゃ》の言など気にも留めない兼続は、

「なあに、頭のこやしにはなりもうす」

と、涼しい顔であった。

結局、景勝と兼続は、修理を終えた熊川城で、何度か茶会や歌会を開いたくらいで、翌年九月には名護屋へと凱旋《がいせん》した。

朝鮮の役は、上杉家にはさほどの傷を与えはしなかったが、豊臣家の内部に大きな亀裂をもたらしていた。

小西行長と加藤清正の争いが激化し、それぞれを支持する一派が反目し合った。太閤が生きていれば、この反目にも決着をつけることもできただろうが、できないまま亡くなった。反目は朝鮮からところを変え、根深い恨みとなっていよいよ日本の政治の中枢へ持ち込まれつつあるのである。

やがて、石田三成もまた、博多から伏見へともどってきた。

伏見城は外観こそ強固な城の体面をたもっているが、内部はむしろ華麗な邸宅といったほうがいい。絢爛豪華《けんらんごうか》さで天下の度肝を抜いた、いまはない聚楽第《じゅらくてい》の一部をそっくり移築した部分もある。

城の中には、学問所や滝の座敷と呼ばれる風雅な別棟もある。これらは、宇治《うじ》川の朝霧や、伏見江の秋月《あきづき》といった名勝を鑑賞するにふさわしい建物である。

秀吉はここに、いわばサロンをつくった。

茶の湯が重要な役割を果たし、夜咄《よばなし》が喜ばれたりした。

主なきいまでは、そうした悠長な雰囲気はない。

いまも、これらの建物には大名や家老たちが詰めているが、どことなく落ちつかない気配が漂っていた。

なにやらきな臭い気配が、いまの伏見城に満ちているのである。

だれが、なにを企《たくら》んでいるのかは明らかではないが、なにかただならぬことが起きそうなことは確実だ。

兼続は城内に伺候して、周囲の気配をうかがっていた。

なかなか会えずにいる石田三成とも、話し合う機会があるかも知れないと期待したからである。

「よお。直江どのではござらぬか」

と声をかけてきた者がいる。

振り向くと、福島正則だった。

「これは、これは、福島さま」

「いやいや、挨拶はさておくがいい。それより、直江どのも、今日の会議は気がかりか」

「気がかりというほどのことはござらぬが」

福島正則は、薄い髭《ひげ》をしごきながら、兼続の前に座った。

隙間の多い歯並びからは、含み笑いがこぼれてくる。人のよさそうな笑顔だが、怒り出すと手のつけられない男であることは、兼続も充分、承知していた。

「うん、うん……」

と、福島正則はうなずいている。なにやら、兼続にいいたいことがあるらしい。

「福島さま、なにか？」

と兼続は訊いた。

「いや、なに、会津中納言さまも、たいへんじゃのうと思うてな」

「は……？」

「いや、なに、あの治部少めが、わけのわからぬ男だからな」

「はあ」

わけがわからぬのはむしろ福島正則なのだが、そうした態度はもちろんおくびにも出さない。

「直江どのも、治部少なんぞとあまり親しくせぬほうがよいぞ。あれは、人情味というものがない。ああいう奴は、親しくしておっても、平気で味方を裏切る奴だからな」

「ほう……」

どうやら、福島正則は本気で上杉家を心配してくれているらしい。

福島正則にかぎらず、上杉主従は秀吉子飼いの武将たちにも人気があった。

秀吉が上杉主従を高く買っていたこともあるだろうし、上杉景勝という余計なことは一言も口にしない男が、きわめて信義に厚いことも知れ渡っているせいもあっただろう。

だが、それよりも、

（あの、不識庵謙信の家柄ということが大きいのだ……）

と兼続は見ていた。

戦国の荒波をくぐってきた武将たちにとって、上杉謙信という武将はほとんど神格化され、武者魂をひどく刺激する存在だった。

不敗伝説や、その戦さぶりに対する憧れすら持たれているのである。

とくに、織田、豊臣の系譜につながる武将たちは、あの猛将・柴田勝家率いる軍勢が加賀の手取川において、まさに鎧袖一触《がいしゅういっしょく》で打ち破られたことを、若き日に聞きおよんでいた。謙信の名は、畏れとともに刻み込まれたはずである。

景勝はもちろん、兼続もまた、その謙信に育てられたということも、武将たちがよく知るところだった。

福島正則や加藤清正のような荒武者には、それだけで上杉主従を認めてしまうところがあったのである。

上杉主従が石田三成と親しいということは福島正則も当然、知っていた。だが、それは決して上杉家に対する好意を損《そこ》なうにはいたらず、なんとか味方につけたいものだくらいに思っているらしかった。

「直江どの。わしは嘘はいわぬ。よおく、お考えなされよ」

福島正則は兼続の肩を親しげに叩き、去っていった。

兼続はその磊落《らいらく》さをあっけに取られて見送った。

直江兼続は伏見城を出て、上杉屋敷へ向かった。景勝は会議を終え、先に屋敷へもどっている。兼続は、石田家の筆頭家老で、武名も高い島左近《しまさこん》と話し込んでいたため、遅くなったのである。

供廻りの者を十名ほど連れて、静まりかえった町中を、上杉屋敷へと向かっている。

直江兼続は馬上にある。

満月が東の空にあり、馬上の影をくっきりと路に刻んでいた。

ちょうど町衆たちの住む一角を抜け、角をひとつ曲がれば上杉の屋敷が見えるあたりまで来たときだった。

「その角を曲がったら、わしは馬を降りる……」

と、兼続は供の者に小声で告げた。

「そのほうたちは、そのまましばらく行くがいい」

「曲者《くせもの》でしょうか」

兼続の気配を察して、供の者も小声で訊いた。

「うむ。何者かが城からずっとつけてきておる」

「では、われらの手で始末いたしましょう」

「いや。どうせ忍びの類《たぐい》、わしひとりで大丈夫じゃ」

「旦那さま。せめて、わたしも」

供の者たちが口々に訴えた。

「では、そのほうとそのほうだけ」

兼続が指図を終えたとき、一行は角を曲がった。

兼続と、供の者ふたりが素早く馬から飛び下り、道端の草むらにひそんだ。枯れ草の藪《やぶ》だが、腰を落としていれば、見つかることはない。

かすかな足音がして、すぐに人影が現われた。

刀に手をかけた供の者が飛び出していきそうになったのを、兼続は手で制した。

百姓の姿だが、身のこなしは明らかにちがう。兼続たちが隠れたすぐ前で、上杉屋敷のほうをうかがっている。

供の者たちが屋敷内に入るのを見届けているらしい。とくに怪しんでいる気配もないところを見ると、そこから三人が抜けたことは、うまく隠しおおせたようだった。

曲者は踵《きびす》を返した。

供の者ふたりに命じた。

「そのほうたち、あの者がどこにもどるか確かめてきてくれ」

「はっ」

ふたりは、曲者から一町ほどあとを、月夜の町に遠ざかっていった。

屋敷にもどると、すぐにお船がやってきた。

妙な顔をしている。

「竹松の具合でも悪いか」

と兼続は訊いた。

「いえ。今宵はそれほどでも」

今日のようなからりと晴れあがった夜は、竹松の喘息もそうひどくはない。じめじめした日や、急に気候が変わるときなどが危ないのだった。

「では、なにかあったか」

「じつは、お届けものが」

「届けもの？」

「本多正信さまから反物《たんもの》がどっさりと」

「本多正信だと……」

いうまでもなく、徳川家康の謀臣である。

が、公《おおやけ》の席などにはほとんど顔を出さない。兼続も一、二度、見かけただけで、人づてに「あれが家康の参謀だ」と教えられたくらいだった。

その本多正信がなにゆえに反物など届けてよこしたのか。

（もしや……）

先ほどの曲者も、本多正信の手の者ではないかという気がした。

「つきあいでもあるのか？」

奥方同士で、意外なところからつながっていたりすることも、ないとはいえない。

「いいえ、ただ、出入りの商人が、本多さまのところにも行っているとは申しておりました。その者を通してきたのですが……」

兼続はお船にそれを持ってこさせた。

女たちが熱をあげている辻が花という豪華な反物である。それが、十反ほどもある。

「あがなえば、いくらほどする？」

「おそらく五十両は下りますまい」

「ほお」

兼続はあきれた。

しわいことで知られる家康である。その家康の謀臣が、このようなかたちで接近してくるとは思ってもみなかった。

「お返ししますか」

と、お船が訊いた。

「いや。受け取っておけ」

兼続はそっけなくいった。

「まあ……」

さすがにお船は驚いた。

「では、まさか、徳川さまに……」

「余計なことに口をはさむでないっ」

兼続は珍しく厳しい口調でいった。

「まっ」

お船は兼続の剣幕にたじろぐようすも見せず、口をとがらせた。

「はさみませぬよ。天下に知られた知将、直江兼続どののなさることに、口などはさめるわけはござらぬからのう」

お船は厭味たらしく、直江というところをやけに強くいって、部屋を出ていった。

反物を全部、持ち帰ることは忘れなかった。

四

曲者につけられていることに気がついた次の夜だった。石田三成が、突然、兼続のもとを訪れた。わずか数名の供の者を連れただけの、お忍びの訪問だった。

「久しぶりだな、直江」

「おお。わしも会いたかったが、なかなか機会がなくてな」

いくら兼続が天下に知られた上杉の名家老とはいえ、三成は佐和山《さわやま》城の主であり、五奉行に列する男である。つまり、立場は三成がはるかに上である。だが、ふたりのつきあいは古く、立場を超《こ》えた対話ができる仲であった。

「朝鮮からの引き揚げはうまくいったそうではないか」

「どうにかな。だが、わしのほうはひどいことになっている」

「ひどいこと？」

「ああ、ひどい嫌われようだ。虎之助《とらのすけ》どもにな」

虎之助とは加藤清正の幼名である。福島正則は市松《いちまつ》といい、石田三成は佐吉《さきち》といった。この男たちは、陰にまわれば、幼名で呼び合うのがつねであった。

「なにか、あったか」

「引き揚げを終えたところで、殿下薨去《こうきょ》を告げる席をもうけたのだ。そこでわしが、そのうち落ちついたら伏見で茶会でもといったら、虎之助の奴め、こっちでのんきに高みの見物などしておった者は茶会などとけっこうなことをいうが、彼《か》の地で戦ってきたわしらは、茶も酒もない、治部少の接待に応じるには、稗粥《ひえがゆ》くらいしか出せないぞ、とぬかしやがった」

三成にしても、朝鮮の地を実際に踏み、過酷な状況は骨身にしみてわかっているのである。だからこそ、引き揚げのさいも、抜かりなく手配をし、無事に日本の地を踏むことができるよう最大の努力をしたのだった。

「だいたいが、朝鮮行きについて太閤殿下をあおりたて、和議の努力を横槍を入れて潰してきたのは、あの男ではないか。それをいまさら……」

三成は、唇を嚙みしめた。

衆目の面前で誹謗《ひぼう》されたことが、よほど悔しいらしかった。

「だが、加藤の人柄など、みなが承知していること。奴めが騒いだとて、どうということはあるまい」

兼続は三成をなぐさめた。

加藤清正という男は、決して悪辣《あくらつ》な性《さが》の持ち主ではない。むしろ、心の奥底に冷たい残虐性を宿していることでは、福島正則が上回っている。

清正は情が厚い分、怒りも激しい。ただし、その怒りがなにかのきっかけでたちまち氷解することも、周囲の者たちにはわかっている。

「それがそうでもないのだ。小西のほうもいきり立っておる。引き揚げの前に、虎之助の奴が、釜山を焼き払いやがった。和議を結ぼうとしている脇で、それをやられたものだから、小西も許しがたいと思っておる」

「なるほど。ここにきて、両派の亀裂はますます深まったというわけか」

小西行長と加藤清正の争いは、朝鮮の役の当初からあった。

初めから朝鮮征伐には反対だった小西と、勇みに勇んで出ていった加藤とが、そもそもうまくいくはずはなかった。このいがみ合う二人を、競わせようとした太閤秀吉の思惑も、やはり見通しが甘かったのである。

やがて、小西、加藤のそれぞれに、支援する者たちができた。和議を推進しようとする小西には当然のごとく、いわゆる文治派と呼ばれる者がつき、戦さに逸《はや》る加藤には武断派と呼ばれる者たちがついた。

もともと色合いの異なる派閥に、またもや抗争の種が増えたということになる。

ただし、どちらも亡き秀吉に対する敬愛や、豊臣家に対する忠誠心ということでは、とりあえず一致している。

そこがまた、三成からすれば、面倒なことだった。つまり、これで向こうが反豊臣でも標榜《ひょうぼう》すれば、手は打ちやすいのだが、それはできない。結局は、太閤の遺志の解釈の相違で争わなければならなくなってしまう。じつに戦いにくい状況だった。

「石田。問題はやつらの言い分ではあるまい」

と、兼続はいった。

「もちろんだ。このような争いをつづけるのをもっとも喜んでいるのは、次を狙う者に決まっておる」

「内府か」

「なあに、いざとなったら、天下が欲しくない者など、この世にはあるまい。直江、おぬしにしてもな……」

「わしか……」

兼続はたじろいだ。

むろん、心の奥には天下を差配してみたい欲求が巣食っていることは自覚している。

だが、三成が若いうちから日本全土をまわり、天下というものを実感してきているのに対して、兼続の天下とはあくまでも北の一部だった。越後、信州、会津、せいぜいが関東の国々までだ。たとえば九州や中国となると、兼続の実感の範囲をはるかに超えている。そうしたことまで自分が考えることに、兼続は分不相応なものを感じた。

兼続は、あらためて石田三成の顔を見つめた。

美丈夫ぶりが評判の兼続とは、またちがった美男ぶりである。色が白く、目もとは涼やかで、むしろ女性的といってもいい顔だちである。

実際、この三成は、大坂城や伏見城の奥のおなごたちのあいだで、たいそうな人気であった。その女性的な顔の裏に、激しい我の強さや、力への憧憬《しょうけい》がひそんでいる。

「石田……」

兼続はしばらく迷い、もっとも聞きたかったことを訊ねた。

「太閤の治世を受け継ぐ気か？」

この男は、天下を差配することを望んでいる。それはまちがいないことだろう。ならば、その天下を差配する力をどうやって獲得するかより、どのように差配していくつもりなのか、それこそが肝心だった。

古いつきあいのこの男に、反旗をひるがえすつもりはもとよりない。だが、答え次第では、三成のすることを傍観せざるを得ない。

三成は兼続の目をまっすぐに見て、いった。

「そのつもりはない」

「ほお」

あまりにもきっぱりした答えに、むしろ兼続は驚いた。

「殿下の政治はすでに疎《うと》まれている。相次ぐ戦さの中で、つねに大名たちの欲をあおり、餌《えさ》をぶらさげなければならなかったのはいたしかたない。だが、朝鮮にまで手をのばしたのはまちがいだった。いわんや、明などは夢物語じゃ」

「まったくだ。あのお方も自分でもどうしようもなかったのだろうがな」

「馬鹿げた事業や政《まつりごと》もいらぬ。ここ、何年かのあいだに、狂乱ともいえる華美好みがはびこっておる」

兼続はお船の贅沢を思い浮かべた。あれも知らず知らずのうちに太閤の派手好みに染まってしまったのだ。

「石田。わしもまったく同感だ。ならば、石田、そうしたおぬしの献策を取り入れるならば、豊臣家ではなくともかまわぬということにはならぬか」

「なる」

「…………」

三成のきっぱりした言葉に、兼続はまたも感嘆した。この男はそこまで覚悟しているのかと、感心さえした。

「では、内府でもかまわぬのではないか」

「内府でもかまわぬ。いったんはあの男に天下を預けてもいい。だが……」

三成はためらった。

「あの男はなにを考えておるのか、わからぬところがある。賢なのか愚なのかもわからなくなる。太閤殿下のほうが、突飛な言動はあっても、ずっとわかりやすいお人じゃった。じつはな、わしは内密に内府へ献策したことがあった。太閤殿下が亡くなってまもなくのことだ。これからは武ではなく、文をもって天下を治めていかなければならぬとな」

「ほお。なんといった？」

「いずれ、となーー」

「いずれか……」

兼続は気抜けするような思いだった。たしかに家康にはそういうところがある。賛成なのか反対なのか明らかにしないで、あとになってさもおのれが考えたような顔で、その案をいい出したりする男なのだ。

「だから、あの御仁《ごじん》はいまひとつ、信が置けぬ」

「臆病なのだ。とびきりの臆病者が、それゆえにこつこつといまの地位を築き上げてきたのじゃ」

ただ、その臆病さこそ、家康の強さのもとでもあるはずだった。人は、強さの中に意外なほど脆《もろ》いものを秘めていたり、逆に弱そうな人が思わぬ強靭《きょうじん》さを持っていたりすることは、いくどとなく見聞きしてきた。

あの謙信にさえ、危ういほどの脆さがあった。それは、謙信が亡くなって数年ほど経ったころ、不識庵に入って読経《どきょう》をこころみたときに、つくづくと実感したことだった。

不識庵とは、春日山城の北の出丸の一画につくられた、法堂である。謙信はしばしばここに籠《こも》り、万巻の経を唱えつづけた。

異様な空間だった。

小さなお堂の中で、読経の声が柔らかくこだまし、お堂全体が不思議な響きにつつまれる。やさしく、心地よい響きである。が、それは人に決意とか決断をもたらすよりは、むしろ陶然とするほどの居心地のよさをもたらす場所だった。

(もしかしたら、ここは母の胎内に似ている……)

剛毅をうたわれた謙信の、隠し持ったひ弱さと繊細さを、このとき見たのだった。

「ただなあ、直江」

直江兼続の想念を、三成が断ち切った。

「うむ……」

三成の表情が硬くなっている。なにごとか大事なことを打ち明けようとするときの顔だった。

「なにひとつ得るものもなく終わった朝鮮の役のあとに、このまま論功行賞《ろんこうこうしょう》もなしで諸侯をまとめあげることができると思うか」

「できまいな。加藤や福島らにしても、相応の論功行賞があれば、あれほどまで騒ぎはせぬのだ」

「では、その論功行賞をつくるには、どうすればいい？」

もちろん、三成の頭の中では答えはすでに出ているのだ。兼続の頭の働きをみるために訊いている。こういう会話をしばしばする男だった。

「もう一戦やる。それも、日本を二つに分けるような大きな戦さを。勝ったほうには倍にもなる論功行賞が与えられる……」

三成はにやりと笑った。

「よく、できたぞ」

「なにをいうか」

兼続は苦笑した。

「わしと小西が一派。加藤と福島が一派。だれがどちらにつくかもあるが、問題はその時期だ。ぐずぐずしていると、いつのまにかそっくり内府の膝元にひれ伏していることにもなりかねぬ」

「だろうな」

「直江。戦さは意外に早くはじまるかも知れぬぞ」

そういって、三成はふいに立ち上がった。

「もう帰るのか」

「ああ。おぬしとそういう話がしたかった。いま、伏見の城では、朝鮮ではあのときどうしたとか、こうしたとかといった話ばかりだ。大局を見ている者がだれもおらぬ。あまりのくだらなさに、すべてをなげうって、どこぞへ引っ込んでしまいたくなる」

三成は、顔をしかめた。

自分の頭脳への不遜なほどの自信をのぞかせる表情だった。

「ちょっと待て」

兼続は、出ていこうとする三成をとめ、玄関口で何人かの若い家臣に、なにごとかを命じてもどった。

「なんだ？」

「すこし待て。表に怪しい者がおらぬか、調べさせておる」

「なあに、大丈夫だ。いくら加藤や福島が馬鹿でも、そこまではやらぬ」

そのあたりにはまるで無頓着《むとんちゃく》な三成を脅すように、兼続はいった。

「昨夜、曲者にあとをつけられた」

「なに？」

「忍びだ。その曲者のあとを逆につけさせてみた。本多正信の屋敷に入ったそうだ」

「本多正信の……」

三成の顔には、極度の警戒心がうかがえた。あるいは、同じ謀臣としての力量に対する敵愾《てきがい》心かも知れない。

「しかも、わが家のお船に、高額な反物をどっさり届けてきた者もいた。それも本多正信だった」

「家康がおぬしに近づいてきているのか」

「近づいてきているというか、警戒しているというか」

「もらったのか、その反物は？」

「ああ」

「なんだと」

三成は目を剝《む》いた。

「はっはっは、心配するな。かわりに倍もするほどの茶器を本多に届けておいた」

三成は笑って、

「裕福な上杉でなければできぬことだな」

といった。

上杉家はたしかに裕福だった。佐渡の金山開発に成功し、天正から文禄年間にかけて、相当の金を採掘した。

たとえば、慶長三年に諸国の大名たちが秀吉に献じた金の量は、およそ百五十貫ほどだが、このうちの九十貫ほどは上杉家が献上したものだ。単純にいえば、全国の六割の金を握っていたことになる。

やがて、兼続の家臣たちがもどってきた。

「怪しい者は見当たりませんでした」

「うむ。念のため、四、五人、治部少輔さまを護衛してくれ」

「はっ」

いずれも屈強な体格の家臣たちが、頼もしげにうなずいた。

しばらくして、直江兼続は景勝の部屋を訪れた。

景勝は書見をしていた。

兼続ほど読む書物の量は多くないが、同じ書物を何度も繰り返して読むのが、景勝の読書法だった。この夜は『戦国策《せんごくさく》』に目を通していたらしい。

「先ほどまで、治部少輔が来ておりました」

「らしいな。なにかあったか？」

五大老のひとりである景勝と、五奉行のひとりである三成とは、伏見の城の中で、ときおり顔を合わせている。だが、無口な景勝は三成ともほとんど対話らしきことはせず、三成の考えなども、すべて兼続から聞くくらいである。

「例の加藤らの騒ぎでうんざりして、うさ晴らしといったおもむきでした」

「だろうな。わしですら、あの揉め事は傍《はた》で聞いているだけでうんざりだ」

「だが、ここまでこじれてくると、おさめるのは難しいでしょうな」

「治部少もおさめる気はないのだろう」

景勝はうがったことをいった。

「そう思われますか」

た。


「うむ」

鋭い見解だ。言葉は交わさなくとも、三成のことをよく見ている、と兼続は感心した。

「殿。われらもそろそろ、ことが起きたときに備えなければなりませぬな」

「そうだ。だが、いまはまだ、伏見を離れるわけにはいかぬ」

「国許に指図いたしましょう」

「国許だけでよいのか」

「………………」

兼続は景勝の目を見た。

「わかっております。越後でございましょう」

そういったとき、越後の風景が目に浮かんだ。

いまごろ春日山は、深い雪におおわれているだろう。春日山に多い松の木は、たっぷりと雪をかぶり、杉の巨木が立ち並ぶ谷は暗く、物音ひとつせず静まりかえっているはずだ。

春日山城は、大坂城や伏見城などと比べたら、城というよりは山寺のたたずまいだった。標高一八〇メートルほどの小高い山の上にある。藁葺《わらぶ》きの城門をくぐり、山頂へたどる道も、武士よりも山伏《やまぶし》でも歩くほうが似合いそうな道だ。

また、山頂にこそ天守のある本丸があるが、北の出丸には毘沙門堂や諏訪《すわ》堂、護摩《ごま》堂、不識庵などが並び、まさに山寺そのものだ。そして冬には、人の背丈を越すほどの豪雪にすっぽりとおおわれてしまう。

その静かな雪景色のなかで、直江兼続は年少のころからずっと春を待ちつづける暮らしを積み重ねてきた。

雪一色の、清冽《せいれつ》ではあるが重苦しさも感じさせる景色が、いまの兼続にはひどく懐かしく、親しみ深いものに思えた。

「あそこにはまだ、われらの友が残っております。使いを出しましょう。そう遠くないうちに、越後をふたたびわれらのものとする戦さがはじまるだろうと。その戦さこそ、われらがもっとも望む戦さであると……」

いいながら兼続は、まるで春をすぐそこにしたときのような心の昂《たかぶ》りを感じていた。

五

数日後——。

青苧《あおそ》の取り引きについてのことで、直江兼続は京の大店《おおだな》に出向いた。

青苧というのは、苧麻《おま》から取れる糸のことで、これで織られる麻布はきわめて上質なものとして珍重された。亡き謙信は、この青苧の生産を奨励したため、越後の特産物として京や大坂に広く出回ったのである。

しかし、上杉家は越後から会津へ移封されてしまった。上杉家は青苧の取り引きとは無縁になっていた。

兼続はその青苧を米沢でもやらせてみたいと考えていた。このため、下準備ということで、なじみの店を訪ねたのだった。

帰り道である。

伏見のほうから馬でやってきた三人連れの武士のひとりが、すれ違うと思いきや、やはり馬上にあった兼続に、

「水臭いではござらぬか」

と声をかけてきた。

「え……？」

兼続は武士の顔を見た。

小さな目が笑っている。

「これは……本多正信さま」

「こちらも不躾《ぶしつけ》でござったが、倍返しはちと酷《むご》うござらぬか」

「いやいや、本多正信さまにあのようなことをしていただき、ほんのお礼のつもりでござった。お気を悪くなされぬように」

兼続がそういうと、本多正信は顔の前で手をひらひらさせた。そんなしぐさを見ると、徳川家康の懐刀というよりは、気のいい百姓おやじのようでもある。

だが、こんなところで兼続をつかまえるということは、この日の動きをすべて見張っていたにちがいない。兼続は警戒心を強めた。

「じつは、直江どのとはぜひ一度、膝を突き合わせてお話をいたしとうござった。まことに勝手ながら、すぐそこの百姓家にごいっしょいただけませぬか」

本多正信が指さしたのは、街道のすぐ脇にある小さな家である。兵が伏せているような気配もない。

「朝から掃除をさせ、茶を用意しております。冷え込んできましたので、せめてもの馳走《ちそう》でござる」

たしかに京の寒さは底冷えがするというか、兼続のような雪国育ちの者にもこたえるところがある。この日もからだはすっかり冷え込み、早く屋敷にもどって熱い茶でも飲みたいと思っていたところだった。

「それはご用意のよいことで」

兼続はうなずいて、この申し出を受けた。

兼続は連れていた供の者を外で待たせ、本多正信とともに百姓家に入った。

まぎれもない百姓家であるが、きれいに掃除がなされていて、囲炉裏《いろり》にはたっぷりの炭が入り、そのまわりには敷物も敷かれていた。

さらに、かたわらには茶の湯の道具までそろえられてある。周到な準備であった。

「周囲の目がうるそうて、なかなか直江どのとお話しできる機会がなく、このようなむさ苦しいところで申し訳ござらぬ」

本多正信は丁重に頭を下げた。

「いやいや、これもなかなかおつな趣向でござる。して、お話とは？」

「太閤さまが亡くなられて以来、なにかと世間が騒がしくなっておるが、上杉さまはどのようにお考えなのか、ぜひともお聞きしとうござってな」

「ほお……」

兼続は適当な返事であしらおうかとも思った。だが、本多正信の目の光に、なにかひどく生真面目なものが感じられた。

「確かに騒がしくなってきたようですな。とくに、豊臣家の内部で部将同士の感情のいきちがいが目につくような気がします」

「なるほど」

「しかし、それも朝鮮征伐の結果が思わしくなく、向こうで苦労をした連中が期待したような論功行賞にあずかることができなかったことも大きな理由でございましょう」

「わしもそう思いまする。だが、論功行賞をしばらく控えることも太閤殿下の遺言でござった」

「いかにも。しかし、もしも国内においてもう一度、大がかりな戦さが行なわれたとすれば、勝った側はある程度の領土を得て、それで論功行賞の代わりとすることもできるかも知れない」

兼続はそういった。

石田三成と話したばかりのことである。内密の話ではあったが、おそらく本多正信ほどの者なら、それくらいのことは考えているだろう――兼続はそう考えて、腹の内を語った。

「さすがに直江どの。では、巷《ちまた》で囁かれている加藤清正や福島正則らと、石田三成や小西行長らとのあいだで、大がかりな戦さがはじまるかも知れぬと……。それで、どちらが勝つとお考えですか？」

「こればっかりはわかりませぬ。ただ、その程度の戦さで終わればよいのですが」

「とおっしゃると？」

「その争いに、さらに力のある方たちが首を突っ込んでくると、世が乱れるでしょう。また、乱世がやってこないとも限りませぬ」

「ほおほお……」

本多正信は嬉しげにうなずき、

「上杉さまはやはり治部少輔さまのお味方を？」

と訊いた。それが知りたくて、本多正信は忍びの者などをつかっているにちがいないのである。

「さて、どうでしょう。たしかにわたしと治部少輔どのとは、かねてから昵懇《じっこん》の仲。

しかし、それとこれとは別でござって、わが上杉家は加藤どのや福島どのと争わねばならぬ理由はなにひとつございませぬ」

彼らの揉め事はあくまでも内輪のことなのである。

「上杉さまは、これまで同様、一歩下がって騒ぎを静観なさるというわけですな。いや、まことに大人のなさりようじゃ」

本多正信はそういってから、笑顔をすっと消し、兼続の目を見据えて訊いた。

「直江どのは、わが主君・徳川家康をどのようにお考えでござるか」

「内府さまを……それはどういうことで？」

「いやなに、家康というお人は、たいへん慎重で、細かいところまで気のつく男でござってな、それだけにことを起こすときも、たとえば上杉さまのように清冽な印象を感じさせることができもうさぬ。なにか、こう、うじうじとして、陰謀をめぐらすといった感じなのですな……」

本多正信は、太閤の周囲に大勢いたお伽衆《とぎしゅう》と呼ばれた者たちのように、ゆったりと、それでいて耳にやさしい抑揚《よくよう》を含んだ口調で語りつづけた。

「だが、家康は他国の方がお思いになるほど、悪辣な性ではござらぬのじゃ。むしろ、われらが見ても、寛容すぎるところや律儀にすぎるところも持っておられる。実際、このわしにしても、若いころにいったんは家康に背《そむ》き、それから何十年もしてからふたたび迎えられたほどなのですわ」

正信はかつて熱心な一向宗《いっこう》の信者で、永禄《えいろく》六年（一五六三）に家康が一向宗弾圧に踏み切ったときは、一向一揆側に立って家康と戦った。その後、加賀の一向一揆の指導者にもなったりして、全国を流浪《るろう》したが、本能寺の変の少し前に、ふたたび家康に身を寄せることになったのである。

これが信長あたりだったら、帰参が許されるどころか、たちどころに首を刎《は》ねられていただろうし、秀吉であっても、こうした過去のある者を謀臣として重用することなどありえなかっただろう。

「しかも、家康という人は、親類縁者や盟友などを謀殺したことなどは皆無でござる。戦国の世を生き抜いてきた男にしては、まことに稀《まれ》なことでござろう。だからな、わしがいいたいのは、ひとつ家康を信用してくださらぬかと、これはお願いでございますのじゃ」

「なるほど……」

と、兼続はうなずいた。

たしかに本多正信のいうことは、真実なのであろう。家康という男は、実際以上に悪辣に見られるところがあるのかも知れなかった。

「ただし、わが主・景勝は、謙信の志を継いだ男。ことのほか、清冽さを好みまする」

「充分、存じあげておりますぞ」

「しかし、景勝も内府さまには決して悪い印象を持ってはおりませぬ。したがって、信用していただきたいとおっしゃられても、なにを信用すべきなのか、それがわからぬ限りはご返答のいたしようがござらぬ」

「おっしゃるとおり」

本多正信はきっぱりといった。

「まさにそのとおりですわ。ただ、こうして直江どのと一度、お話しさせていただく機会がつくれたので、今後、なにかあったおりには、また、こうして膝を突き合わせることもできましょう。それがなによりの収穫でございました」

本多正信は立ち上がった。

兼続もまた、席を立った。

外に足を踏み出そうとしたとき、兼続は正信を見ていった。

「本多さま。天井と床下に潜《ひそ》む方々だが……」

「今度、お会いするときは、ご遠慮いただきましょうか」

「うっ」

直江兼続は静かに街道のほうへと歩み出していった。

六

高台院《こうだいいん》――。

髪を下ろす前の名はねねといった。

いうまでもなく、亡き太閤秀吉の未亡人である。

徳川家康はこのところ、伏見城の中にある高台院の屋敷をしきりと訪れていた。

家康に他意はなかった。見舞いという名目で訪ねては、他愛もない世間話をして帰るだけである。

実際、家康は手持ち無沙汰《ぶさた》だった。

太閤秀吉が亡くなったときは、あれほどはっきりと見えたはずの天下盗りの道が、どうにも靄《もや》でかすんできているようなのだ。以来、四カ月ほど経とうとしているのに、これといった手が打てないでいるのが実情である。

（わしが天下を欲しがっていることなど、みな、気がついておらぬのか……）

なにやら世間から置き去りにされているような気持ちにさえなったものだ。

だから、家康が高台院のもとを訪れるようになったのは、ほんの暇つぶしのつもりだった。

いくら秀吉子飼いの大名たちに信望が厚いとはいっても、所詮は女の身である。この筋から、支援者を増やそうなどという策は、あまりにも迂遠《うえん》すぎて、使いものにはならないだろう。

ところが、いざ、高台院と会ってみると、これがなんとも楽しいのである。

まったく気取りというものがない。

といって、下世話でもない。

学問には無縁でも、天性の機知があり、即妙の対話があり、すぐれた感受性で人間の営《いとな》みを眺めつづけてきた経験がある。

そして、歳で衰えたとはいえ、若き日にはさぞかし大勢の男衆に好かれたであろうと思わせる愛くるしさも残っている。

まもなく六十に手の届こうという歳になった家康には、恰好《かっこう》の話し相手なのだった。

（わしにもこのようなおなごが嫁に来ておれば、家の中の暮らしもさぞかし面白いものであったろうに……）

家康は、最初にして最後の正室となった築山《つきやま》のことを思い出していた。すさまじい妻であった。

異常なほど嫉妬心が強く、怒ったときの剣幕ときたら、そのまま戦場にでも出したいほどだった。

家の中はつねにぴりぴりしており、うるおいなどというものは皆無だった。

結局、この正室は、武田方と密通しているなどというありもしない噂を立てられ、嫡子信康《のぶやす》ともども、信長の命令で成敗しなければならなくなってしまった。

だが、そういう築山でさえ、

「殺すふりをして、どこぞに逃がしてやることくらいできなかったのか」

と、家康は家臣の気の利かなさをなじったほどだった。

以来、家康は正室を持つことをやめた。

側室だけを可愛がり、しかもその側室はいずれも器量もそうたいしたことはない、年増女ばかりだったので、

「ババ好み」

などと陰口されたりした。

五十歳を過ぎたあたりからは、女の好みも変わって、若いおなごに執心《しゅうしん》するようになったけれど、女によって幸せな家を持とうなどという気になったことは一度もなかった。

そうした家康の女性観、家庭観というものが、高台院によって、初めて変化させられたのである。

「太閤さまはお幸せなお人じゃった……」

家康はそんなことまでいった。

「あら、なにゆえにですの」

「いつも高台院さまのようなお人が家にいれば、安らかな気持ちで眠りにつき、潑剌《はつらつ》とした気持ちで外に出てゆくことができる。太閤さまがあれだけの立身をなされたのも、高台院さまのおかげでござろう」

「あらあら、内府さまのお上手なこと。いまのわたくしじゃ、なんのご褒美《ほうび》も出せませんのに」

「上手などとはとんでもない」

まさに家康の本心だった。

もしもこの高台院に、秀吉の子が三人も四人もあったなら、次の天下を狙おうなどということは絶対に不可能だったろう。加えて、秀吉や高台院の資質までも受け継いでいたなら、人望も勢威も天下にあまねくとどろきわたり、家康などの出る幕はどこにもなかったはずだ。

（あの、女狐《めぎつね》のような淀《よど》どのが産んだわっぱが一匹いるだけだから、わしはこうして天下を狙うことができるのだ……）

家康は高台院の不妊に感謝したい気持ちにさえなっていた。

家康のあいつぐ高台院の屋敷の訪問は、あちこちで話題になりつつあった。

口さがない連中は、

「内府さまと高台院さまは男女の仲……」

などと囁き合った。

本多正信なども、それでなくとも猜疑心《さいぎしん》を塗り込めたような顔にますます疑いの目をあらわにして、

「噂はまことでござりますか」

と訊いたことがある。

家康はからかいがてらに、

「わしが高台院のところに婿に入れば、戦わずとも、豊臣の家をわしのものにできるのではないかと思ってな」

そういうと、本多正信は蛙《かえる》がつぶれたような声で、

「うえっ」

と呻《うめ》いたものだった。

その日は——。

まだ師走《しわす》の終わりだというのに、庭にあふれる陽射しはまるで春のように暖かなものだった。

家康は庭のほうから、

「ほら、高台院さま、梅のつぼみがだいぶふくらんでおりますぞ」

と声をかけながら入っていった。

「おや、ほんに。よくお気づきでしたのう」

高台院もすぐに縁先に出てきて、膝をそろえた。

「いやいや、わしは歌こそ詠《よ》んだりはいたしませぬが、じつは花というのは昔から大好きでござってな」

家康はぬけぬけといった。

「そうでしたか。わたしはまた、内府さまは花もお漬物とか味噌汁の実になさるのかと思っておりましたよ」

「そ、それはひどい、高台院さま……」

「冗談でございますよ」

ふたりの笑い声が、明るい庭にひとしきり広がる。

と、そのとき、お付きの女中がやってきて、来客を告げた。女中は、

「お虎さまが……」

といったのだが、家康には聞こえなかったらしく、あわてて引き返そうとした。

「客人ならまたにしましょう」

「よろしいではないですか、内府さま。じつは、ちょうど、あらためてお引き合わせしたかった者がまいったのですよ」

「ほう、どなたでござるか」

家康の問いには答えず、高台院は部屋の入口のほうへ声をかけた。

「虎之助。さあさあ、お入りなさい」

鍾馗《しょうき》のような髭をたくわえた、杉の巨木のごとき大男が現われた。

「おっ、これは……」

家康は少したじろいだ。豪勇隠れもない猛将・加藤清正だった。

清正は、太閤秀吉の血縁であるばかりか、十歳になる前から秀吉のそばで育てられ、成長した。秀吉への忠誠心はことのほか厚く、この男にしたら徳川家康などは次の天下を狙おうとしているもっとも怪《け》しからぬ武将に映っていることだろう。

だが、清正はそうした気配は微塵《みじん》も見せずに、大きなからだをちぢこませるように平伏すると、

「内府さまにはぜひ一度、ご相談いたしたいことがございました」

といった。

「ほお、このわしに……」

家康は意外な顔で高台院を見た。

高台院はいつもの屈託ない笑みを浮かべていた……。

・

深夜、本多正信が家康の部屋を訪れると、家康は火鉢に手をかざして丸くなっていた。つね日頃、京の冬は寒くてからだに悪いとこぼしている。

家康はその火鉢に当たるよう目でうながし、

「佐渡。直江に会ったそうだな」

と訊いた。

正信は火鉢に手をかざそうともせず、

「それよりも上様、加藤清正に合力をお約束なされたとは、まことにございますか」

咎《とが》めるようにいった。

正信は、先ほど同僚の榊原康政《さかきばらやすまさ》からそのことを告げられ、すぐさま家康の部屋へと駆けつけてきたのである。

「わしは、直江のことを訊いたのだぞ」

「それよりも、加藤のことのほうが重大事でございましょう。直江のことにしても、加藤のことで状況はまるでちがってしまいますぞ」

正信は一歩も退《ひ》かぬという口調である。

家康は苦笑し、

「まあ、そういうな。なりゆきで致し方なかったのじゃ」

「したが、加藤清正のことは、今後の謀略を左右する……」

「それはわかっておる。だが、高台院どのに頼まれては、断わることもできまい」

家康がそういうと、正信は「ほお」と大仰《おおぎょう》に感心して、

「太閤の未亡人にですか……これから、太閤との約束を破るやも知れぬというお方

が、未亡人の頼みは断われぬとおっしゃいますか」

いかにも皮肉っぽくいった。

「佐渡。そなた、嫌な奴じゃのう」

家康も思いきり顔をしかめて見せ、

「やはり、まずかったかのう」

とつぶやいた。

結局、家康は、加藤や福島らに味方することを約束してしまったのである。

「いやいや、やりようによっては……」

正信は冗談の気配など微塵《みじん》もない目つきで家康を見つめた。

「やりようによっては？」

「使えるかも知れませぬ」

「では、加藤らに加担してもよいのだな」

「まずは、突《つつ》いてみましょうか。加藤たちがはたしてどれだけ上様と行動をともにするつもりなのか、その心胆をのぞいてみましょうぞ」

「悪い奴だな、そちは……」

「上様こそ、本心はそのおつもりだったのでしょう」

「なあに、わしはそなたほど悪人ではないわ」

そういいながらも、家康は微笑を禁じえなかった——。

第三章　盟友失脚

一

慶長四年（一五九九）、正月――。

五奉行五大老が一堂に会し、今後の治政について話し合いがもたれた。

とくに重要な議題があったわけではない。新年の挨拶のようなものである。

（おそらくは腹の探り合いだろう……）

直江兼続は景勝とともに本丸にやってきて、控えの間にいたが、このような席で状況が動くことなど期待も予想もしていなかった。

ここには、兼続のような陪臣だけでなく、ほかの大名たちも年始の挨拶がてら伺候してきている。

錚々《そうそう》たる顔ぶれを見回しながら、兼続はひとつ妙なことに気がついた。

（いま、全国に割拠している武将たちのほとんどが互いに顔見知りである……）

もちろん、秀吉が天下を統一したおかげである。このため、いままで敵として戦ってきた武将や、本来なら会うはずもない遠国《おんごく》の武将たちとも、さまざまなおりに一堂に会することができるようになった。

　これまでは、越後国内の内乱ならともかく、隣国の武将ですら、顔も知らずに戦ってきた。つい十数年前は、秀吉も前田利家も徳川家康も顔のわからない敵であった。

　ところが、いまや顔だけでなく、人柄も話しぶりも教養の程度も、ほとんどわかり合えるのである。

　これはどういうことか――。

　顔を知らないで戦っていたほうが、むしろ純粋に自国の利益だけを第一にして戦うことができた。地形と、兵力の多寡《たか》と、そしてこれまでの戦略を照らし合わせて考えればよかった。

　だが、なまじっか相手の顔を知ってしまうと、自国の利益だけではなく、相手が好きか嫌いかということが大きくかかわってしまうのである。

　いま、伏見に集まる諸侯たちは、今後なにかあったときは、その顔見知りと戦うことになるだろう。そのとき、なにが闘志を掻《か》き立てることになるか。

　そこで兼続は、盟友・石田三成が心配になってきた。

　三成という男は、好悪の感情が激しいだけでなく、相手にもはっきりとどちらかの感情を抱かせる男である。

これが商人のように、好き嫌いよりも、利益を優先させることに慣れた相手ならい い。まだ、利をもって相手を動かすことができる。だが、相手は感情を抑えることに は不得手《ふえて》な戦国武者たちである。三成を憎みはじめたら、干戈《かんか》を交《まじ》えずには気がすま ないということになるだろう。

(三成になにかあるなら、おそらく、そこから始まる……)

何やら予期しがたい戦さが始まりそうな気がしていた。

その翌日——。

「主《あるじ》・三成が多忙のためうかがえないので、ご年始にまいりました」

兼続の屋敷を訪れたのは、石田家の侍大将である島左近だった。

すでに六十ほどにもなると思われる島左近は、肩幅の広いがっしりした体軀に精気 をみなぎらせ、老いなどは少しも感じさせない。かつては大和《やまと》の筒井順慶《つついじゅんけい》のもとで 侍大将をつとめ、その武勇を天下に広く知られた男である。

三成が武人として経験不足であるのを、島左近が補《おぎな》ってあまりあるほど、戦さ上手 で知られた。

その左近が、いささか困惑した顔をしている。

「どうかなされたか」

兼続は左近の屈託を察して訊いた。

「じつは、正月早々、奇怪な話が入ってまいりました」

「どのような？」

「どうも、加藤清正が音頭を取って、福島正則、黒田長政といった連中が、内府さまと結びついた気配にございます」

「なに？　加藤らが……」

「はい。どうやら、朝鮮でのごたごたの裁きを、内府さまにお願いしたとか」

「それは異なこと……」

兼続は訝《いぶか》しんだ。

加藤、福島といった秀吉子飼いの武将たちは、豊臣政権の次を狙う者として、家康をもっとも警戒すべきはずである。

しかも、あの連中は朝鮮で味わった苦難のはけ口として、内地で兵站《へいたん》や軍略の役目を担《にな》っていた石田三成に矛先《ほこさき》を向けたのである。

朝鮮での苦労のことをいうなら、家康も同じはずだった。三成がいちおうは朝鮮にも足を運んだことがあるのに対し、家康などはただの一度も彼の地を踏んでいないのである。

あの苦労を味わわぬ家康などに、大きな顔をさせたくない――加藤などは真っ先にそういい出してもおかしくないのだ。

「加藤清正は、最初、朝鮮でのごたごたの調停を前田利家さまに持ち込みました」

「前田さまに……」

前田利家では埒《らち》があくわけはない。調停などという微妙な采配にはもっとも無縁な武人である。

「それがうまくいかぬものだから、業《ごう》を煮《に》やして、あろうことか内府さまにその調停を持ち込んだというわけです」

「よりによって、というところですな」

兼続は苦笑した。

「まったくです。内府さまも頼られれば、加藤らの味方をなさらぬわけにはいきますまい」

「うむ」

「ところが、内府さまという後ろ楯《だて》を得た連中は、いまや三成や小西行長憎しで結集し、頻繁に集まりを重ねている気配なのです」

「なるほど」

石田三成と、加藤清正や福島正則らとでは肌合いがちがいすぎる。遠からず、内部分裂が起きることは多くの者が予想できたが、いま、こうした事態にまで発展することは、戦乱の種を蒔《ま》いて歩くようなものである。

「しかも、このたびの確執の背景には、どうも高台院さまと淀の方さまの確執もからんでいる気配です」

「おなごの争いですか……」

「高台院さまは尾張の出身であり、加藤や福島も尾張の出身。淀の方さまは近江《おうみ》の出身であり、わが主も近江の出身ということで、対立のもとは幾重《いくえ》にも重なっておりましてな」

「それは面倒なことですのう」

たしかに、加藤や福島らが家康と結ぶというのは、まさにおなごの怒りようであった。当面の敵が憎いあまりに、後先も考えずにもっとも危険な相手に手を貸してしまう。

（好きか嫌いということで、分かれていく……）

それはもっとも危惧《きぐ》したことであった。

「それで、石田どのはなんと？」

と兼続は訊いた。

「はっ。主は所詮、つまらぬ怒りだと、加藤らをあざ笑うばかりでして……」

「それはいけませぬ」

「拙者《せっしゃ》もそう思うのです。つまらぬ怒りが取り返しのつかぬ事態に発展することもまま ございますゆえ。だが、主のような頭には、そうした下世話な人情というものがよくわからぬものらしくて……」

「そうかも知れませぬのう」

三成には理路整然とした頭の働きはあるが、微妙な人間の感情に対しては気づかない。というよりも、そうした感情への軽蔑が先に立つところがある。

兼続は明日にでも三成を訪ねようと思った。

ところが、その晩のうちに、伏見城からもどった景勝が、思いがけない家康の動きを伝えてきたのである。

「えっ、内府さまが縁組を……」

直江兼続は一瞬、言葉を失った。

景勝は着替えもすませぬうちに兼続を呼び、伏見城で仕入れた新しい話を語ったのである。それは暴挙といってもいいほどの、家康の振舞いだった。

「しかも四組の縁組をいっきに進めおった」

景勝は憮然《ぶぜん》としている。

「四組とは……」

「まずは伊達政宗の娘と、内府の六男忠輝《ただてる》との結婚を約束したらしい。さらに養女にしていた娘三人を、加藤清正の息子・忠広《ただひろ》、福島正則の息子・忠勝《ただかつ》、蜂須賀《はちすか》家政《いえまさ》の息子・至鎮《よししげ》にそれぞれ嫁がせることにしたというのだ」

いずれも一癖ある武断派の連中である。

「だが、それは……」

「太閤との約束を早くも踏みにじったのじゃ」

太閤は亡くなる前に、勢力地図が塗り変わることを警戒し、大名同士の縁組を行なわないという掟《おきて》をつくっていた。

家康も了承し、誓約書に名を記している。

本来ならば、家康が他の大名のそうした振舞いを糾弾する立場にある。それが、みずから掟破りの行動に踏み切ったのだった。

「伊達や加藤、福島らも、当然、掟破りであることは承知しておるのでしょうな」

「それはそうだろう。伊達はまだしも、加藤、福島といった連中まで、そんな掟破りに加担するとは意外だった」

「それは、おそらく……」

兼続は、つい先ほど、島左近から聞いた話からの推測を語った。

加藤たちは、朝鮮でのごたごたの処理を家康に持ち込んだ。家康はこれを好機と見て、太閤子飼いの中でも武断派とされる一派の抱き込みを図《はか》ったのだろう。

加藤らから差し出された手を取ると同時に、手だけでなく、肩まで抱き込んでしまったのである。

「そういうことか」

景勝はうなずき、

「まだあるぞ。内府は朝鮮征伐の論功行賞にまで手をつけた」

「なんと……」

朝鮮の役での論功行賞もまた、太閤が禁じたことのひとつだった。

禁じるもなにも、朝鮮侵略で得たものなど皆無であり、このきわめて難しい問題を残したまま、太閤は他界してしまったのである。

「どうやら内府は、島津義弘《しまづよしひろ》、細川忠興、森忠政《もりただまさ》らに恩賞を与えたらしい。それもわが身を削《けず》ったわけではない。豊臣家の直轄領から持ち出させたというのだ」

「それはまた……」

いくら五大老筆頭とはいえ、あまりにも厚顔な振舞いである。自分の身代を削るならともかく、そうした行為が伏見城の事務方から漏れ伝わらないわけがない。

「わしも、あきれた。あまりにも露骨《ろこつ》なことだ」

「あの内府さまがそこまでなさるということは……」

兼続はしばし、家康の心中を探った。

あの、慎重で小心な家康にしては、思い切った行動である。もしかしたら、家康は天下盗りの道が見えたのだろうか……。

兼続にすれば、家康が加藤、福島、蜂須賀、細川といった太閤恩顧の大名たちと強く結びつくことは、きわめて迂遠な道のりのように思える。結局、家康の前には、最後に大坂城の秀頼が立ちはだかることになる。そのとき、加藤や福島らは、秀頼に対して弓を引くことができるのだろうか。

家康はできると踏んだのか……。

家康は秀頼の後見人《こうけんにん》である。亡き太閤が死のまぎわまで、家康の忠節を懇願し、家康はそれを約束した。約束を踏みにじれば、当然、不義を憎む者も続出するだろう。

が、その数は家康に味方する者より多くないと読んだのだろうか……。

言葉を失った兼続を見て、景勝は不安げに訊いた。

「兼続。家康はなにを考えておるのだ？」

「内府さまがそこまでからんでくると、もはや豊臣家の内輪争いというものではなくなってまいりましょう」

「そういうことだ」

景勝もそれを懸念《けねん》している。

「それで、どういったことに？」

「うむ。治部少輔が案を出した」

「石田が？」

「とりあえず、秀頼さまを大坂城にお移しすることにした」

「ほう、それは……」

たしかに妙案かも知れなかった。

もともと豊臣秀頼が大坂城に入ることは、秀吉の遺命であった。それを実現するということは、政権の中枢を伏見から大坂に移すということである。

家康は大坂に屋敷を持っていない。

それに反し、石田三成や前田利家、宇喜多秀家といった重鎮は大坂にも屋敷を構えている。

家康の横暴を糾弾しようという一派が、秀頼のもとに結集し、家康だけがそこから遠ざけられることになる。

「なるほど。内府さまは、中枢からはずされると……」

「そういうことだ」

「しかも、家康を糾弾するのにも都合がいい」

いかにも石田らしい案だ。まず、組織を立て直そうというのである。

だが、それは図面の上でこそ鮮やかだが、実際の効果となると、どこか頼りない策のように兼続には思えた。

とりあえず、家康の勢いを削《そ》ぐことはできるだろうが、息の根を止めるほどの効果はないだろう。おそらく家康なら、すぐにも次の手を出してくるはずである。もしも家康の横暴を抑えたいならば、もっと手厳しい糾弾を行なわねばならない。

「それで、掟破りに対しては？」

「とりあえず糾明することは決まったが、どのようにするかはまだ決しておらぬ」

「やはり……」

なんといっても五大老筆頭の家康である。その男を追い込むには、それぞれが相当の覚悟を要するだろう。そこまでは景勝をはじめ、他の大老や奉行も意を決することはできずにいるらしかった。

（島左近あたりは、さぞかしじりじりしておるだろうに……）

兼続はいかにも武人然とした左近の不満顔を思い浮かべていた。

家康は湯浴みをしている。

前の日、はるばる届けられた熱海《あたみ》の湯を、もう一度わかして、その湯につかっているのである。

冷える夜は、こうして温まってから、ゆっくりと眠る。

熱海の湯は、家康に熟睡をもたらしてくれるのだ。いまや、家康にとって身体を大事にし、長寿を得ることこそが、天下盗りの最大の戦略であった。

いま、湯殿には、本多正信もいた。

かたやでっぷり太った家康。こちらはしなびたような肌の正信。ふたりの老人が、額に汗をにじませながら、だらしなく板敷の床に足を投げ出している。

「のう、佐渡よ。これほどうまく話が進むとは、思わなかったのう」

「うまくいきすぎて、ちと気味が悪いくらいでございますな」

家康と正信は、加藤清正から調停を頼まれてから、それを足がかりに太閤子飼いの武将たちに手を伸ばした。

掟破りであることは明らかな縁組を持ちかけ、これを了承させた。

抵抗のようなものはほとんどなかった。

どうやら、加藤たちは家康を盟主とかついで、この先の流れを泳いでいくつもりになっているらしい。

もっとも家康は家康なりに、ずいぶんとこまめに動いたのである。縁組の相手になった大名のもとにも、家康みずから何度も足を運んだりもした。相手がすっかり恐縮してしまうほどに。

このあたり、家康は太閤の若いころに倣《なら》ったところもある。

「だが、秀頼さまが大坂城に移るとなると、ちと動きにくくなりますな」

本多正信が、腹のあたりの垢《あか》を搔き出しながらそういった。

家康は、正信が出した垢を、手桶の湯で遠くに流してから、

「なあに、わしを大坂で裸にして、数で抑えつけようという魂胆だろうが、大坂方の思うようになどならぬわ」

といった。

「だが、しばらくは大坂でおとなしくせざるを得ないのでは？」

「馬鹿をいえ。わしは大坂になど行かぬ」

「行かずにすみまするか」

「すませるのじゃ」

家康はそういって、大きな腹を心地よさそうに二度三度叩いた。

どうやら家康は、本多正信にも思いつかない秘策を得たらしかった。

「まあ、見ておれ。大坂と伏見は大騒ぎになるぞ」

「だが、いっきにことを構えるわけにはいきますまい。戦さをするには、兵が足らなすぎますぞ」

「そんなことはわかっておる。だが、大坂にまとまろうとする連中の足元をすくってやるくらいのことはせねばなるまい」

「それはそうでございますが、その策は……」

「騒ぐのじゃ」

家康は声を低めていった。

「え……」

「騒いでやるのじゃ」

家康は本多正信ににんまり笑いかけた。

もうもうと籠る湯気の中では、なにやら人ではないものが顔を崩していくようにも見えた。

二

正月十一日の深夜――。

きびしい寒さの中で早目に寝静まった大坂の町に、突如として凄《すさ》まじい馬群の轟《とどろ》きが響きわたった。

通りの角々に篝火《かがりび》が焚《た》かれ、戦さ支度の兵士たちの影が、大声を張り上げながら、通りを駆けた。

「戦さがはじまったのか……！」

大坂の町人たちは震え上がった。

だが、多少とも肝《きも》の太い町人たちが、騒ぎの声に耳をすませてみると、戦さではなさそうだった。

「内府さまが襲われた！」
どうも、そんな騒ぎが持ち上がったらしかった。
この前日。
太閤の遺児・秀頼は、慌《あわ》ただしい準備をすませ、伏見城を出て、大坂城に入ってい
た。
太閤がつくりあげた難攻不落の巨大な城。やがて天下の主となるべき幼児は、もっ
とも安全な場所へとおさまった。
これには家康もなにくわぬ顔でつきしたがい、大坂屋敷がないために片桐且元《かたぎりかつもと》の屋
敷へとおさまっていた。
そして、翌日の深夜にこの騒ぎが起きたのである。
「片桐屋敷に曲者が侵入し、内府さまの命を狙った」
というのだ。
曲者の正体はわからない。数さえもわからない。
だが、家康の周囲の者たちはみな、血相を変えて騒ぎ立てていた。
「こんなことでは内府さまを大坂に置いておくわけにはいかぬ！　早々に、伏見にお
移りいただこう」

「すでに、暗殺者の群れがこちらに向かっているという噂もある。戦さ支度をして、伏見まで駆けるのだっ」

曲者騒ぎに物騒《ぶっそう》な噂も加わり、混乱は激しくなるばかりである。

冷静沈着な家康ですら、尻に火がついたように片桐屋敷を飛び出し、乗物に乗ろうとする寸前、

「いや。わしは馬で行く。騎馬隊の中にまぎれよう。乗物にはわしと身体つきの似た者を乗せておくがいい」

そうわめいた。

わめくほどに元気であり、怪我などしているようすもどこにもない。

その騒ぎようは、まさに大戦さの出陣を思わせるほどだった。

ありったけの兵が動員され、先頭を騎馬軍団が駆け、そのあとから松明《たいまつ》を持った兵士の群れが延々《えんえん》とつづいた。

兵士たちはみな、青ざめた顔の中に、何が起きたのか把握できないらしい。混乱を漂わせ、駆けていく。

ようやく兵士の群れが走り去ったと思うと、次に雑兵らしき連中が声高に町中を触れ歩いていった。

彼らはこうわめきちらした。

「内府さまが襲われたぞ。大坂城に入らせたくない連中のしわざだそうだ。こりゃあ、戦さが起きるかも知れねえぞ……！」

ずいぶんと飛躍した話であるにもかかわらず、この噂は口から口へ、四方八方に飛び散っていった。

直江兼続はこの日、大坂には向かわず、伏見の上杉屋敷において会津への指示などに忙殺されていた。

夜になって、伏見界隈《かいわい》が急に騒がしくなった。夜のしじまを凄まじい馬群の轟きが突き破り、伏見のあちこちで篝火の火の粉が舞っていた。

「いかがいたした？」

兼続は近臣の者を呼び、騒動のわけを訊ねた。

「内府さまがふいに大坂からもどられたようすです」

「内府が……」

家康は秀頼の大坂移転に仕方なくつきあわされ、しばらくは大坂の片桐屋敷に宿泊することになっていたはずである。石田らの思惑では、大坂において家康の掟破りを糾弾するつもりらしかった。それがなにゆえに、急遽《きゅうきょ》、伏見へもどってきたのか。

兼続はすぐに、目端《めはし》の利く者たちを事情を探るため、方々へ走らせた。

事情は間もなく明らかになってきた。

「片桐屋敷の周囲に不穏な気配があったというので、内府さまは急遽、伏見にもどられたそうにございます」

「不穏な気配じゃと？」

「内府さまがお命を狙われたとか」

「まことか？」

兼続は一瞬、島左近あたりが動いたのかと邪推《じやすい》した。だが、大坂の町中で暗殺計画を決行し、しかもしくじるとは海千山千の左近らしくない。

「真偽のほどはわからないようです」

「ふうむ……」

「内府さまの騒ぎようを聞いて、池田輝政《いけだてるまさ》さま、福島正則さま、黒田長政さまらの兵も続々と伏見屋敷に駆けつけているようです」

加藤清正の名はないが、いずれも三成や小西行長と対立してきた大名たちだった。

「大坂方から討っ手が出ているのか？」

「いいえ、そうした気配はいっこうに……」

もしも、そうした事態になっていれば、この屋敷にも大坂からの報せが飛び込んできているはずである。

「わかった。しばらく、内府の屋敷の動きに気をつけてくれ」

兼続はそう命じて、上杉屋敷の者にも警戒を怠《おこた》らぬよう告げた。

数日後、家康の屋敷はさらに慌ただしい動きを見せた。

「内府さまの屋敷に、武装した兵が次々に入っております」

と、兼続の配下が伝えてきた。

「どこの兵だ?」

「池田輝政さま、福島正則さま、黒田長政さまのほかにも、織田有楽《うらく》さま、大谷吉継《おおたによしつぐ》さまらもご参集です」

「なにっ、大谷どのまで……」

大谷吉継は石田三成とは幼年のころからの友人である。

二人の友情を伝える逸話がある。大谷は癩病《らいびょう》を患っていた。ある茶会のおり、茶の中に大谷の鼻水が一滴垂れた。それを見た同席の武将たちは感染を怖れ、回ってきた茶を飲むことができない。だが、三成は咄嗟《とっさ》に「喉が渇いた。はよお回せ」といって茶碗を取り、一息に飲み干したのである。大谷は三成の心意気に感涙にむせんだ。

その大谷までも家康のもとに駆けつけるとは容易な事態ではなかった。

「騒ぎのきっかけはなんだ」

「大坂から藤堂高虎《とうどうたかとら》さまがやってきて、大坂で不穏な動きがあると伝えたためのようです」

「あの男か……」

藤堂高虎は、後に城づくりの名人とも、ごますり大名ともいわれるが、このときは伊予板島《いよいたじま》七万石の大名である。この男は生涯いくどとなく主君をかえた。浅井長政《あさいながまさ》からはじまり、浅井を見限った山本山城主・阿閉貞秀《あつじさだひで》につかえ、ついで小川城の磯野員昌《いそのかずまさ》、木下秀長《きのしたひでなが》とつかえ、秀長のもとでは家老職にまで出世している。だが、秀長が兄・秀吉よりも早く病死してしまうと、高虎は高野山《こうやさん》に隠棲した。これを引っ張り出して、伊予宇和島《うわじま》城の城主としたのが秀吉であった。

まさに、機を見るに敏という男である。その高虎は、秀吉が亡くなるやいちはやく家康によしみを通じ、近頃は大坂と伏見のあいだを足しげく往復して、家康に大坂の動向を知らせていたのだ。

「藤堂さまは、大坂では前田さまのお屋敷に老中や奉行が集まって、内府さまの屋敷を襲撃しようとしている、と告げたようです」

家康の掟破りについて、大坂城では前田利家ら四人の大老と、五人の奉行が集まって、その対応策が検討されているのは事実だろう。だが、屋敷を襲撃するなどということは聞いていない。もしもそうした事態になれば、景勝からも早馬がこの屋敷に向けられているだろう。

「奇妙な話だ」

「内府さまの屋敷の者たちは、しきりにそのように触れまわっております」

騒いでいるのは家康なのだ。

実際に、恐れているのか。あるいは、騒ぎを掻き立てておいて、戦さにまで持っていこうとしているのか。ひょっとしたら家康の狂言ではないだろうか。この騒ぎによって、大坂方と家康方という対立の構図がはっきりしてきた。それこそ、家康の狙いではないのか。

「それで、内府の屋敷のようすは？」

「すでに大竹の菱垣《ひしがき》が結ばれ、大門が開かれ、鉄砲隊や長槍隊が門前に並べられております。これは、家臣の新庄駿河守《しんじょうするがのかみ》さまが、大軍の備えには門を閉じたほうがよいとおっしゃったのに対し、内府さまが、門を閉じれば、相手にあなどられる、むしろ門を開き、堂々とやったほうがよい、と命じられたとのことです」

「ふうむ。あの内府が……」

話をくわしく聞くほどに、家康がいまの時点で本気でことを構えようとしていると は思えない。

家康は危機感をあおりつつも、自分の肝の太いところと、頼りになる男というあたりを巧みに演出してみせているにちがいなかった。

家康というのはもともと芝居っ気の乏しい男だが、信長や秀吉と張り合っていくうちにその要領を身につけていった。しかも、秀吉という希代《きたい》の名優が亡くなったあとは、自信満々でいかにも臭すぎる芝居も平気で演じるようになっている。

「むしろ、大坂方も攻めてみたらよいのだ」

兼続はそう口に出していった。

いま、この時点で家康を討つのはたやすいはずである。

大坂城に集《つど》う大名の数のほうがはるかに多いし、なによりも家康の肝心の兵員は伏見にはほとんど来ていない。もしも、いま、大坂から兵を出せば、家康のもとに参集しつつある大名たちも含めて、いっきに殲滅《せんめつ》できるはずだ。

(石田は度胸がないのか、それとも迷っているのか……)

あるいは、大老や奉行たちの足並みがそろっていないのかも知れない。

三成が豊臣家内部の争いをいっきに収拾できる機会を見過ごしているのが、兼続には歯がゆかった。

緊迫が高まる伏見から、直江兼続は大坂へ向かった。

景勝から直接、大老たちの意見を聞き、さらには石田三成に会わなければならない。すでに敵味方ははっきり分かれつつある。ならば逡巡《しゅんじゅん》せず、いっきに攻め込むべきである。

景勝にはすぐに会えた。

「問責使《もんせきし》がつかわされることになった」

景勝はうんざりした顔でいった。

「問責使ですか」

拍子抜けする思いだった。

「返答次第では、家康を討ち取りに行くということだ」

「それで、その問責使となるのは？」

「うむ。中老の生駒親正《いこまちかまさ》、中村一氏《なかむらかずうじ》、堀尾吉晴《ほりおよしはる》の三人に、相国寺《しょうこくじ》の僧・西笑承兌《さいしょうしょうたい》が加わっておる」

「それは……」

と兼続は言葉を濁した。本心では、

（役者不足……）

と落胆している。

承兌のことは、よく知っている。

学識豊かなことはまちがいがない。秀吉にもずいぶんと可愛がられ、これまでもきわめて重要な局面で、相談役といったかたちで顔を出すことがしばしばあった。

話はさかのぼるが、先の朝鮮の役においても、この僧は重大な時局にかかわった。

慶長元年（一五九六）八月、明と秀吉とのあいだで、ようやく講和について話し合う場がもたれることになった。これは小西行長や石田三成らがさんざん苦労して、まったく食い違う二者の言い分を、とにかく騙《だま》してでも講和をまとめ上げようというものだった。

ところが、西笑承兌は双方の文書のあまりの食い違いに恐れをなし、秀吉の前で明側の文書をそのまま訳して読んでしまったため、講和は決裂してしまったのである。

馬鹿正直というか、融通がきかないというか、所詮、講和のためのごまかしを腹におさめられるだけの器《うつわ》ではなかったといえよう。

小西行長や三成らの努力もすべて水の泡と帰し、ふたたび朝鮮へ日本軍が送られることになったのだった。

その承兌が、家康の横暴を非難する役目をになって、三中老とともに伏見の屋敷を訪れるというのである。中老たちの顔ぶれを見ても、あの家康に丸め込まれるのが関の山だろう。

家康はここでことを構えるつもりはない。あくまでも、武威を示し、大坂方と敵対する一派をまとめ上げようとしているだけなのである。

（ならば、大坂方は強気に攻め上げねばならない。それができるか……）

兼続の推測は的中した。

家康の返答はすぐに、大坂方にもたらされた。

報告によると、三中老や承兌に返答次第では大老の職を下りていただくと迫られた家康は、逆に、

「なにをいうかっ。わしが大老の職にあるのは、太閤殿下が命じたこと。それをやめろというのは、そちらが御遺命に背くことになるではないか。そのようなことを申す痴《し》れ者はだれじゃ」

と、怒鳴りつけたというのである。

この剣幕には、とても糾問などできなかった。

「家康がそこまでいうとはのう……」

景勝はあきれてつぶやいたが、

「あの顔ぶれでは、内府さまを追い詰めることなどできるわけはございませぬ」

と、兼続は笑いながらいった。

「兼続、われらはどういたす？」

「殿……」

「なんだ」

「大老の会議で、家康打倒をまとめられますか」

兼続は景勝をまっすぐに見た。

「……さて」

景勝の答えがよどんだ。

「わしは、大老としてはいちばんの新参だ。しかも言葉で相手を説き伏せたりすることは得意ではない」

会議ではどうしても弁舌の巧みな者の意見が優勢を占めていく。景勝はあくまでも、剛直な武人であり、会議でのまとめ役を期待するのは無理であろう。

しかも、景勝の話からしても、ほかの大老たちも断固、家康を排除しようという覚悟までは芽生《めば》えていないらしい。

（覚悟を決めたほうが勝利する……）

なぜ、家康に問責使などを差し向けたのか。それよりは、掟を破った伊達や加藤、福島らをひとりずつ順に処罰していけばいいのだ。そうすれば、家康も追いつめられ、動かざるを得なくなってくる。このまま家康に好き勝手をやらせておけば、流れはますます家康のほうに向かっていくだろう。

大坂方の中心になっている三成は大坂城に籠りっぱなしである。

「殿……。石田にお伝えください。前田公を押し立てて、ここは強気に攻めるべきであると」

「わかった。伝えよう」

景勝も約束した。

このとき、前田利家は病床にあった。

だが、家康に位《くらい》負けしない武人といえば、前田利家をおいて他にはいなかった。

石田三成を中心にした奉行たちのもとに、上杉景勝をはじめ、宇喜多秀家、毛利輝元、佐竹義宣《さたけよしのり》、小西行長、長宗我部盛親《ちょうそかべもりちか》らが集まり、それからともに病床の前田利家を訪ねた。家康を討つ旗頭になってくれるよう要請したのである。

「出方によっては、それも辞すまい」

前田利家もやつれた顔に、往年の闘志をみなぎらせた。

この事態に、直江兼続もまた、戦さの準備をととのえた。

戦さといっても、上方にいる上杉家の兵力は千人にも満たないわずかなものである。ほかの大名も似たようなものだ。

だが、いざとなれば秀頼の軍勢を動かすことができる。

家康の軍勢が駆けつけるよりも早く、あの一派を一網打尽《いちもうだじん》にできるにちがいない。

（いっきに天下の形勢は変わる……）

兼続は久しぶりの風雲の到来に、武人としての魂《たましい》が騒ぐのを感じた。

ところが――。

勢いはそこで止まってしまったのである。

まるで湧いたように、徳川の大軍が突然、京の入口である瀬田《せた》に現われた。琵琶湖《びわこ》のはしの小さな町は、兵士たちと足止めをくらった旅人たちでごった返しているという。

「まさか！」

と、大坂方の武将たちは震撼《しんかん》した。

あまりにも早い。

家康の元に問責使が赴《おもむ》いたのは一月二十二日のことである。

それからわずか四日しか経っていない。

ということは、家康はこうした事態を見通しており、問責使らが来るよりも早く江戸へ出陣の号令をかけていたことになる。

「内府はその軍勢を当てにして、あのような強気の態度に出たのか」

「では、内府はまことに一戦構えるつもりか」

三成たちは思いがけぬなりゆきに、慌てふためいていた。

大軍の数は、七万とも八万とも伝えられてくる。

それでは、大坂方の在坂勢力を結集した数の倍を上回る。

しかも、この軍勢を率いているのは、猛将として知られる榊原康政だという。精強の徳川軍団が迫ってきているのだ。

形勢はいっきに逆転したのである。

大坂方の勢いは尻すぼみとなった。

これは家康の詐術のようなものだった。

ちょうどこの時期、伏見に滞在している兵士たちと交代する兵士たちが、江戸からやってきていたのである。その数は、せいぜい五、六千といったところだった。ところが、家康はこれを、五倍十倍のようにいいふらし、しかもそのように見せる手立てすら講じさせた。榊原康政がその命を受けて、途中の道では兵士たちを往復までさせて、街道の人の目を欺《あざむ》いたのである。

七万とも八万ともいわれた大軍は、幻の軍団であったのだが、この衝撃は大坂方の強気をくじくことには充分な成果をあげたのだった。

三

「石田、どういうことだ?」

大坂城の廊下で、直江兼続は石田三成に囁くように訊いた。

「なにをぐずぐずしてるのだといいたいのだろう」

と、三成も怒ったようにいった。

「そうだ。家康の軍勢など、巷間《こうかん》騒いでいるほどの数ではない」

「わかっている。これまでに来ていた兵と合わせても、せいぜい一万といったところらしい」

「ならば、なぜ、動かぬ？　おぬしの宿敵である加藤や福島らをも追い込む絶好の機会ではないか」

「内府が詫びを入れてきたのだ」

「なんだと……」

「内府という男はまったくしたたかだ。問責使を怒鳴りつけると同時に、裏のほうでは調停も進めていた。いざ、戦さになってしまえば不利になることは見えているし、加藤や福島らも、秀頼を擁する大坂城の面々と正面切って戦おうとする気持ちまではないことを知っているのだ」

大坂方は翻弄《ほんろう》されていた。

まとまりも悪く、大軍到来の知らせに震撼するほど、覚悟が定まっていないことも見透かされている。

家康はこわもての形相《ぎょうそう》をつづけながら、あらゆる手蔓《てづる》を使って、戦さを回避しようとしていた。

巧みな外交戦に持ち込まれていたのである。

こうした手練手管《てれんてくだ》においては、戦国を生き抜いてきた家康にまさる武将はいるはずもなく、おそらく本多正信あたりの策謀も加わっているはずだった。

「いま、わしだけが家康を討つことを主張すれば、浮き上がってしまいそうだ。さすがにそうなると困る……」

三成は苦笑した。

「それで、内府の詫びの中身は？」

「うむ。他の四大老、五奉行に対して、誓紙《せいし》を差し出すことになった」

「誓紙を……」

家康は本気で頭を下げるつもりなのか。それでは、政権内部における地位を大きく下落させるであろうし、家康のもとに結集した武将たちに対してもしめしがつかないことになるはずだった。

兼続は家康の真意を疑った。

案《あん》の定《じょう》、その誓紙の内容が明らかになったとき兼続は怒るよりもあきれてしまった。

誓紙の中身は次のようなものだった。

一　このたびの縁組についての警告は了承した。今後も遺恨には思わず、従来どおりに親しくしていこう。

二　秀吉に対して出した誓紙に違反するようなことはしない。

三　心安く忠告する者があっても、その者に対して遺恨を持つことはない。

詫びの言葉などどこにもないのである。

縁組や論功行賞を中止する約束もない。

しかも、その文章の調子ときたら、まるで主人が家来の忠告に感謝するようなものではないか。

それなのに、この誓紙によって、大老たちや奉行たちもだいぶ懐柔《かいじゅう》されてしまったという。

「殿もこれで納得されたのですか」

さすがに兼続は、景勝ににじり寄った。

「納得はしておらぬ。ただ……」

景勝の口調にも苦いものがあふれている。

「前田大納言の命は明日をも知れぬ状態だ」

「えっ」

「そのため、大老たちや奉行たちにも、いまはむやみに騒ぎを起こしたくないという気持ちが強くなっている」

「それほどお悪いとは……」

この時期、秀吉亡き豊臣政権は微妙な均衡の上に成り立っていた。

一方に徳川家康、もう一方に前田利家がいた。

その前田利家の病いが進行しているらしい。かつて、「槍の又左《またざ》」の異名《いみょう》を取ったほどの武勇の男が、枯れ木のように痩せ衰え、顔色なども錆《さび》でも吹いたようになっているのだという。

もしも利家が亡くなれば、均衡は大きく崩れるだろう。

そのときの天秤《てんびん》の傾き具合によって、大名たちの出処進退もちがってくるだろう。

数の上ではまだまだ反家康派が優位なのだが、家康という大きな重しの存在感があまりにも強烈である。そうしたとまどいが、ことを決するのをためらわせているにちがいなかった。

家康にはますます都合のいいことになりそうだった……。

直江兼続は屋敷の庭に出て、木刀を片手にしていた。

兼続の前に立っているのは、六歳になったばかりの長男・竹松である。二月もなかばになって、風にはすでに春の気配が色濃い。天気もよく、ぬくいくらいなので、兼続はふだん相手をしてやれない長男を引っ張り出したのだ。

「さあ、竹松。父に向かって、遠慮なく打ちかかってまいれ」

そう声をかけるが、竹松はおどおどして、木刀を手にしただけで気持ちが臆《おく》してしまっている。

「竹松。遠慮はいりませぬ。父上の頭を叩いておやりなされ」

縁先から、お船の声がかかった。

ふだんの思いを息子に託したらしく、おどけた口調の中にも底意地の悪いひびきが感じ取れた。

兼続は苦笑し、

「そうだ、竹松。母もあのように申しておるではないか」

と、竹松を誘った。

竹松は意を決したらしく、木刀を振りかざしながらにじり寄ってくる。

ふだん木刀など振ったこともないらしく、構えもなにもあったものではない。

「さあ、思いきり、父を打つのだ」

「えいっ」

打ちかかってきた木刀を、兼続は軽く当てて受けた。

「あっ……」

竹松は手の痺《しび》れに驚いたような顔をした。

「ほら、もっと打ってくるのだ」

竹松はもう一度、打ちかかり、兼続の木刀にはじかれる。

ただ、それだけのことで、竹松はすでに泣きそうになっている。からだを動かすことの喜びも、父に相手をされる嬉しさも、まるで感じられない。

命じられ、ただ、嫌々とやっているというようすである。

兼続はさすがに情けなかった。

（この息子は、今後、この厳しい世の中を生き抜いていくことができるのだろうか……）

不安だった。

猪武者《いのししむしゃ》のような無謀さを求めているわけではない。からだの強さも、持って生まれた体質というものがあり、そうそう厳しく育てればいいというものでもない。

だが、精神の強さ、したたかさというものがなければ、武士としては絶対に生きていくことはできない。

（たとえ、力のある者のあいだを行ったり来たりする天秤のような武士でも、したたかさが必要だ……）

からだを張って戦さをするだけが辛《つら》いのではない。ときには力のある者に屈伏しなければならないし、恥も忍ばなければならない。

百姓たちが天候などと戦うのとは、またちがった辛さである。

（そういうしたたかさが、竹松に備わっておるのだろうか……）

まだ六歳の息子には見つけにくい資質であろうが、眼前の竹松はいかにも頼りない。

「やぁーっ」

打ってきた竹松の木刀を、兼続は強めに払った。

竹松の手から木刀が離れ、四、五間《けん》先にカランと落ちた。

小さな手にはかなりの痛みがあったことだろう。竹松の顔に、怯《おび》えが広がっていった。悔しさとか怒りならば、まだ見どころがあるが、そうしたものはまるで感じられない。

兼続は縁先のお船を見た。

お船はひたすら心配げに、竹松を見守るばかりだった……。

直江兼続が伜《せがれ》・竹松の相手をしているときに、武士の辛さやしたたかさについて思いをめぐらしたのは、細川忠興のことが脳裏にあったからである。

細川忠興は、加藤清正や福島正則らと行動をともにしているが、太閤子飼いといわれる武将ではない。

父・幽斎《ゆうさい》は、明智光秀《あけちみつひで》の盟友として織田信長の下で武将としての地位を確立した。だが、光秀と秀吉が争った山崎の合戦のときには、光秀を見限って秀吉に合力し、激動する時代を生きのびた。

その伜の忠興は、むしろ前田利家との結びつきを強くし、利家の伜・利長《としなが》とも親しかった。

だが、忠興が見るに、世の流れはどうあっても家康に傾いていきそうに思えたし、親しくしてきた黒田長政や浅野幸長《あさのよしなが》といった武将たちも家康に接近を図った。

そうしたこともあって、忠興は伜・忠隆《ただたか》の嫁に家康の娘をもらった。

それればかりではない。じつは、細川忠興は過去に、人にはいえない恩義を家康からこうむっていた。

金の恩義であった。

細川忠興は、先年、秀吉によって腹を切らされた豊臣秀次がまだ関白職にあるころ、秀次から内密に黄金二百枚を借り受けた。

やがて、秀次の周囲に暗雲が立ち込め出し、借りていた黄金二百枚を即刻、返還しなければならなくなった。この借金が明らかになれば、秀次と細川忠興とのあいだは浅からぬものとして、秀吉から咎《とが》められることは必至の状況だった。

とはいえ、黄金二百枚などという大金は、簡単には都合はつかない。

忠興は困りはて、いっそ正直に申し出て、沙汰を待つかという覚悟にさえなった。

ところが、このとき家老の松井佐渡《まついさど》が、内府さまというのはこういうときに頼り甲斐《がい》のあるお方、わたしは本多正信ともってがあるので、頼んでみることにしましょう、と申し出たのである。

こうして松井佐渡は、家康の屋敷を訪ねた。

松井佐渡をとりついだ本多正信は、いったん奥へ入って、家康と相談をしてから、
まもなく、

「さあ、御前のもとへ」

と案内した。

家康は、いかにもものわかった顔で松井佐渡を迎え、

「誰しも金には苦労させせられるのう」

そういって、本多正信に、具足櫃《ぐそくびつ》を持ってこさせた。

蓋《ふた》を開け、中から金を取り出す。

松井佐渡は、一瞬、家康の顔に痛みに似たものが走るのを見た。

「正信。日付を見るがいい」

箱の蓋には日付を印した紙が貼られてあった。

「二十一年前でございますなあ」

本多正信は、往時を振り返るような目つきをした。主従はまるでいたわり合うようにうなずいたりしている。

松井佐渡のほうは、いったい何事なのかと、二人を見つめている。

それから、家康は松井佐渡に向き直ると、羞恥《しゅうち》の中にまぎれもない悲しみの表情を漂わせ、

「金奉行にも内密に、いざというときのためにと取っておいた金子じゃ。なにやら、おなごのようなへそくりだのう。だが、このように役に立つことがあってよかった。さあ、さあ、持ち帰るがよい」

といった。

松井佐渡は、肝心なことを忘れていたのに気がついた。それは、この家康という男が、きわめてしわいということだ。その家康が、こつこつと爪に火をともすようにして貯めた金なのである。

「や、やはり、そのような金子は……」

思わず絶句してしまった。

だが、本多正信がその遠慮を抑えつけた。

「御前の心からの思《おぼ》し召《め》しじゃ。お持ち帰られよ」

「はっ。まことにお礼の言葉もございませぬ。すでに国元には報せを出しておりますので、近いうちに必ずや、お返しに参上できると存じます」

すると、家康は首を振った。

「それはやめておいたほうがよいぞ。このことが太閤さまの耳にでも入ったら、細川どのだけでなく、われらのためにもならぬ。このことはなかったことにな」

こうして松井佐渡は、家康から黄金二百枚を借り受け、細川家は秀次事件の連座という危機を脱したのだった。

この恩義もあって、細川忠興は前田利家と徳川家康との和解工作に奔走《ほんそう》した。

家康は詫びと称する誓紙を出してはいたが、まだ一触即発の緊張はつづいていた。

だが、前田利家と和解が進めば、もはや大坂方は家康に対抗しうる看板を失うことになる。

利家の倅・利長にも必死で説いた。

「この先はどうあっても内府さまが力を持つ。いま、ここで恩を売っておくことは、前田家のためであるぞ」

利長はこの忠告をもっともであるとし、病床の父に和解を勧めた。

病床の利家は、戦さよりは和解を好むようになっていた。

こうして、細川忠興の調停は成功をおさめた。

まず二月九日に、前田利家が病いをおして伏見の家康の屋敷を訪問した。

家康はあらんかぎりの饗応《きょうおう》と、腰を低くした態度で、利家の労をねぎらった。

さらに翌三月十一日には、家康がその返礼として大坂の前田屋敷を訪ね、病いを見舞った。

こうして、両者のあいだに和解が成立した。

直江兼続が久しぶりに石田三成と会ったのは、徳川と前田の和解が成立したあとであった。

三成はこのところ、前田屋敷に詰めきりになっていて、反家康の勢力結集につとめていたのだが、ようやく兼続の屋敷を訪れる暇ができたのだった。

「和解には石田も同意したのか？」

兼続は、疲れた顔の三成に、無遠慮に訊いた。

「同意などするものか。いまにも死にそうな前田の枕元で、しつこく兵を挙げることを勧めるので、家人らにも嫌がられたぞ」

「それは前田どのもさぞかしうっとうしかったろうな」

兼続は苦笑した。

「笑いごとではない。前田はふんぎりつかなかった。気力が失せておる。前田のもとに四大老が結集しなくては、内府の勢いはとめられぬというのに」

三成は忸怩《じくじ》たる思いを抱いているのだ。兼続としてもそれ以上、責めるのは心苦しかった。

「島左近などは、わしに暗殺を勧めおった」

「ほう、暗殺をのう」

それも手である。兼続はそれに似た行為も幾度かやってきている。御館の乱では、景虎の命乞いに動いた前《さき》の関東管領上杉憲政《かんとうかんれいうえすぎのりまさ》の暗殺を進言し、初めて上洛するときは重臣の河田実親《かわださねちか》を殺害させた。

だが、三成にはそうした奇策の経験はない。

「暗殺などやれるか」

三成は吐き出すようにいった。

「なぜだ？」

「わからぬか。これで家康を倒せば、たしかにわしは政権内でもかなりの力を手中にできるだろう。だが、今後ずっと、わしは暗殺者の烙印《らくいん》が押される」

「それがなんだ」

「いや、わしは討つならば正面から討ちたい」

三成の頭には論功行賞のこともあるのだろう。暗殺で大勢《たいせい》が決まっては配分も難しくなってしまう。

「そんなきれいごとで、天下を手中にできるか」

「やってみせる……」

若い頃の向こう気の強さが現われた。

兼続はそんな三成を微笑ましく感じながらも、不安を打ち消すことはできなかった。

四

慶長四年は旧暦の閏年《うるう》に当たり、三月は二度あった。

その閏三月の三日に、前田利家が逝《い》った。

利家の死は、かろうじて保たれてきた静けさに亀裂をもたらした。

利家が危篤状態になると石田三成はふたたび利家の屋敷に詰めた。家康を封じ込めるための対応を、もはや立つことすらままならない病人に説きつづけたのである。

なんとか遺言のかたちでも、家康の横暴を戒める言葉を得たかった。

結局、それは得られぬまま、歴戦の強者は逝った。

詰めていたのは、三成ばかりではない。すでに家康の一派となっていた加藤清正、黒田長政、細川忠興、池田輝政、加藤嘉明《よしあき》、福島正則、浅野幸長ら七人の武将たちも、利家に対する旧恩もあって、始終、出入りしていた。

この七将は、三成憎しで凝《こ》り固まっている。

「佐吉の奴めは、大納言さまの耳元で、けしからぬことを吹きつづけていたというではないか。大納言さまが亡くなられたいま、なんの遠慮することがあろう。この手で三成を斬り捨ててやる」

といいだしたのは、福島正則だった。

「それはよい。三成さえいなくなれば、天下は秀頼さまを補佐する内府さまのもとにすっきりとまとまるのだ」

と加藤清正が同調した。

あとの五人も望むところだった。

戦さではない。暗殺計画である。七人の武将が自らの手で、石田三成を討ち取ろうというのだ。

七人は血相を変え、利家逝去で慌ただしくなっている前田屋敷の周囲を徘徊《はいかい》した。

狙いは、三成が前田屋敷を退出するときだ。

だが、以前から三成の恩を受けていた桑島治右衛門という男が、密かにこの計画を知らせた。

「なに、福島らがわしの命を……いま、ここでか……前田公の葬儀のときに！」

三成は目を剝《む》いた。

いくら思慮に乏しい連中でも、そのような暴挙に出るとは考えもしなかった。敵もまた理路整然と動くであろうと思ってしまうところが三成にはある。

三成は葬儀に駆けつけてきた乗物にまぎれて、いちはやく前田屋敷を脱出した。すだれの隙間から通りをのぞくと、確かに血相を変えた福島正則や加藤清正たちがいる。三成は幼少の頃から彼らに対して抱いた肉体的な怖れを思い出した。

前田屋敷を出るといったん自分の屋敷に入った。だが、いつ福島らが飛び込んでくるかと気が気でない。まずは、おのれの味方である宇喜多秀家や佐竹義宣らに報せを出した。救出を願ったのである。

三成は慌てふためいていた。

このような事態に遭遇したことはない。

戦場でもどこでも、三成はつねに秀吉という強力な庇護《ひご》者を背中に持っていた。政治は命のやりとりではなかった。少なくともそれは、実感として持っていなかった。

だが、政治を行なうことは、つねに理不尽で不可視でもある死の危険と隣り合わせることだった。

三成はそれを初めて恐怖とともに実感した。大坂の町を行方も決めずに逃げまどいながら、三成は歯の根を合わせるのに苦労した。

恐怖と戦いながら、三成の頭はめまぐるしく動いた。

「どうすれば、この窮地を逃れられるか……」

三成の頭脳は恐怖の中でも、大胆な飛躍を生んだ。そこが、この男の類稀《たぐいまれ》なる資質でもあった。

「逃げるぞ、わしは！」

と三成は家臣にわめいた。

「城内にですか？」

「いや、ちがう。町を迂回して、北へ向かえ。やつらに気づかれぬようにな！」

三成は大坂の町中に姿をくらました……。

報せは、上杉家にも届いた。

直江兼続は、廊下の板を鳴らしながら、すぐに景勝の部屋に駈け込んだ。

「殿、お聞きになられましたか」

「聞いた。兼続、治部少輔はなぜ、大坂城内に逃げ込まぬのだ？」

兼続もそれが不思議だった。城内に逃げ込めばいかに七将とはいえ、おいそれと手は出せず、逆に兵を集めて反撃にうって出ることもできる。それを大坂の町を逃げまわっているとはどういうことだろう。

「もしかしたら、内乱のような戦さはしたくないのかも知れませぬ」

「どういうことじゃ」

「ここで七将たちと戦さをしても、天下の大勢になんの影響もございますまい。たとえ勝ったにしても、内府さまの力は温存され、石田の立場はますます悪くなるばかりでしょう」

「役に立たぬ戦さはしたくないというのか」

景勝は首をかしげた。

「石田らしい考え方です」

そうはいっても、兼続もまた、そこが三成の弱さだとも思った。

三成は実戦の経験にきわめて乏しい。経験した戦さも、秀吉がすでに天下を手中にしたころの戦さで、いわば位《くらい》攻めのようなものばかりである。小戦闘を繰り返して、成り上がってきた武将とは、そこが徹底的にちがっていた。

「兼続。治部少輔を討たせてはならぬ」

「はっ」

「救え。兵を向けよ」

「ただちに」

兼続は屋敷の手勢を四、五十人ほど掻き集め、三成の屋敷へと急行した。

しかし、すでに三成は、佐竹義宣らの協力で、宇喜多秀家の屋敷へ逃げ込んだあとであった。

「宇喜多どのの屋敷へ……？」

宇喜多秀家は、朝鮮の役以来、三成とも結びつきを強くしている。大老の屋敷に入ればやたらに攻撃をしかけられるはずはない。ただ、いつまでもそこに隠れているわけにもいかないだろう。

兼続はすぐに玉造《たまつくり》の宇喜多屋敷へ向かった。途中、黒田長政が率いる五十人ほどの軍団とすれちがった。緊張が走ったが、上杉と黒田が直接、争っているわけではない。互いに目礼して通りすぎる。

だが、三成は宇喜多屋敷にもいない。いったん顔を見せたが、すぐに出ていったという。

「石田はどこへ行ったのだ……」

兼続は、三成の考えることがわからなくなった。

追いつめられているのは確かである。七将たちの怒りを鎮められないまま、家康に主導権を握られ、ついには彼らの怒りを暴発させてしまった。家康は七将たちをけしかけるようなこともしたのだろう。

暴漢のような者とはいえ、七将たちはれっきとした大名衆である。かれらをこれほどの行為に踏み切らせた以上、もはや奉行の立場は危うい。

(隠遁《いんとん》するつもりか……)

兼続はそう推測した。

いったん政権の中枢から身を引くのも悪くはない。そのあいだに七将たちの激情もおさまり、家康の真の狙いに気がつくかも知れない。豊臣家が混乱すればするほど、家康の力は強大になる。

ところが、隠遁に入る前に三成は思いがけない行動を取った。

三成はいったん、意外な人物に庇護を求めたのである。

兼続は三成の逃亡先を知らされたとき、驚きのあまり絶句した。


「石田三成がやってきたじゃと……」

本多正信から告げられて、家康は思わず逃げ腰になった。

「ひとりで斬り込んできたというのかっ」

「そうではございませぬ。加藤や福島らに追われているので、匿《かくま》ってもらいたいと申しております」

「匿え？　わしにか」

家康は唖然《あぜん》とした。

加藤や福島たちが、三成を斬るとわめきながら追いかけまわしていることは聞き及んでいる。

家康はそのようなことを命令したことはなかったが、加藤たちの前で、

「治部少輔もうっとうしいのう」

くらいのことはいった。それを忠義を試す謎かけのようなものに取ったのかも知れなかった。

三成も、加藤や福島らに対する家康の影響力については承知しているはずである。

襲撃をそそのかしたと疑っているかも知れない。

その家康のもとへ庇護を願い出るとはどういうつもりなのか。家康は三成の狙いが読めなかった。

「佐渡。どうしたらよい？」

家康は途方に暮れたような顔で訊いた。

「お会いなさるしかございますまい」

正信は他人ごとのようにいった。

「会うのか……加藤らに引き渡してしまえば、それでいいではないか」

すると本多正信は、ニヤリと嫌な笑いを浮かべた。

「いま、三成を殺したら、もったいないですぞ。いいですか、加藤清正や福島正則といった連中も、すでに太閤秀吉からは心なんぞ離れておるのです。ところが、連中は馬鹿ですから、それを自覚できるほどの知恵がない。秀吉から心が離れているのだから、秀頼だってかつぐ気はない。ところが、自分の薄情さを認めたくない。だからこそ、石田三成という恰好の敵を見つけ、それを言い訳にしてまとまろうとしておるのです。いま、ここで三成を殺してしまったら、連中はなにを言い訳にしたらいいか、わからなくなってしまいましょう」

家康は、本多正信の小さな顔を眺めながら、この貧相な小男の頭脳がただものではないことを、あらためて痛感した。どんなにみばえは悪くても、そばに置く価値を充分に認めた。

「では、三成の顔を見てくるとするか……」

家康は内心恐る恐る三成の待つ部屋に入った。

三成は真っ赤な顔で家康を睨みつけ、

「不意にお訪ねして申しわけございませぬ」

と詫びた。

どうやら、おのれの気持ちを持て余している気配だった。

このようなことをしてしまった後悔もうかがえる。家康に対するこのところの恨みつらみや、怒りも混じっているにちがいない。

家康は、三成の顔に表われている感情のひとつひとつを確かめるように見つめ、

「話は本多正信から聞いた。大変なことになったようじゃな」

といった。

「では、匿っていただけますか？」

あいかわらず単刀直入である。

家康はいつもの落ちつきを取り戻してきていた。

「無下《むげ》にはできまい。ところで、なにゆえにわしのところへまいったのだ？」

「七将たちの背後に、内府さまがおられることはまちがいないが、命令まではくだしておられまいと思いましたゆえ」

「ほう……して、その根拠は？」

「いま、この時期に、たかが佐和山十九万石の大名をひとり潰しただけでは、天下盗

りにはなんの前進もないでしょう。逆に、こうした内乱を使嗾《しそう》したとなれば、他の大老たちが今度こそ結集する恐れもあるはずです」

「なるほどのう」

「だから、内府さまはわたしを助けざるを得ないだろうと踏みました」

家康は苦笑した。

「助かりたい一心か」

「そうではござらぬ。内府さまとは膝詰めで話をしたかった」

「わしと……」

「内府さまがだれよりも大きな観点に立って話ができることは、わたしがいちばん承知いたしております。内府さまは、どのような天下を望むのか。太閤殿下が亡くなり、次いで前田利家どのが没したいま、内府さまの望む治世がよりよいものなら、それに力を貸すことも考えなくはございませぬ」

「どのような天下だと?」

家康は呆気に取られた。

そういえば、以前にそんなようなことを訊かれたことがある。だが、そんなものは取ってから考えるべきことで、いまからそんなことを考えても所詮、絵に描いた餅《もち》にすぎないのである。

家康は三成を見つめ、

「そなたは、よい育ち方をしたのであろうな」

といった。

「なんと……？」

三成には、いまは佐和山城で内政を見ている正継《まさつぐ》という父がおり、この父子の仲はきわめてよかった。また、三成の兄・正澄《まさずみ》は堺《さかい》奉行をしていたが、この兄との仲もよかった。三成の家は、戦国の世には稀なくらいの家族愛にめぐまれていたのである。

「それにひきかえこのわしは、幼いうちから人質に取られ、父母の愛情も知らずに育ったのじゃ。可哀相にのう」

家康は笑った。自嘲の笑いというよりは、三成などとは鍛え方がちがうのだという自信の笑いであった。

三成はなんのことか見当もつかない。

「そんなことより、わたしは天下のかたちを……」

さらに、家康の政策を問いつめようとした。

「わしはそなたの力などいらぬ」

家康は三成を強い目で睨んだ。

「えっ……」

「そなたの力などいらぬのじゃ」

三成の顔が怒りでどす黒く変わった。

太閤ですら、三成の進言にはつねに感嘆の声とともに耳を傾けてくれたものである。

それを家康は、一言「いらぬ」と斬って捨てた。

家康には、三成の屈辱と怒りが見えていた。

三成のような男は、なによりも自分が認められることを望むのである。ときには、実益よりも称賛を欲しがるのである。

「もう少し力をつけてまいれ。こうなった以上は、しばらくは佐和山に謹慎しておることだな」

三成はこぶしを握りしめ、うつむくばかりだった。

五

石田三成が単身、家康の屋敷に駆け込んだことを知った七将たちは、三成の引き渡しを求めたが、家康はこれを拒否した。

家康の屋敷に四日ほど滞在した三成は、そこから直接、近江の佐和山城に向かった。七将たちの襲撃を危惧して、家康は実子・結城秀康《ゆうきひでやす》を護衛につけた。

三成はこのまま奉行職を退任し、しばらく隠遁生活を送ることになったのである。

「石田は無事に佐和山に入りました」

と、直江兼続は景勝に報告した。

「そうか……」

景勝は憮然とした面持ちだった。

武人らしくない──景勝がそう思っていることは兼続にも察しがついていた。

同じように、景勝は家康の動きも気に入らないはずだった。

景勝は家康に対して、これまではそれほど悪い印象を持ってはいなかった。信長や秀吉という巨大な権力者の下で、耐えつづけてきた男。その隠忍自重ぶりには、景勝か。


の魂にも共鳴するところはあった。

だが、いざ、天下を狙える位置に立ったときの、あの小賢《こざか》しいともいえるような動きはなんであろう。掟破りを繰り返し、狂言じみた騒ぎを引き起こすばかりである。いっそきっぱり大坂城を去り、江戸に入って大坂の政権と対峙《たいじ》すればいいではないか。

すでに家康を盟主と頼む大名の数も相当いるのである。

むしろ、家康がそうした態度を取っていたならば、景勝にしてもあるいは家康に力を貸そうと思ったかも知れない。

「家康は鵺《ぬえ》のようじゃ……」

と景勝はつぶやいた。

鵺とは想像上の怪物で、からだは虎、尾は蛇に似ているという。わかったと思うと、すぐにまたわからない部分をのぞかせる。懐《ふところ》が深いといえばそういえなくもないが、あまりにも闇に隠れたところが多すぎる。

「それにしても、石田はなぜ、家康のもとへいったのでしょうか？」

「………」

景勝は言葉を探しているようだった。

「兼続。石田は国をささえたことがない」

　景勝は嚙みしめるようにいった。

「石田は所詮、太閤という巨大な存在のおかげで、おのれの能力を発揮してきたのだ。おのれの国を、おのれだけを頼りに守り抜いたことがない。一国の主になりたがる輩《やから》は多いが、それがどれほど重いものであるか、これはなった者でなければわからぬ」

「それが石田の弱さだと」

　そうかも知れないと兼続は思った。

　三成はあくまでも能吏だ。とびきりの能吏であり、その考えるところは巨大であり、細緻《さいち》であり、公正であり、無私であるが、それは背後にすべての責任を負う父のような存在があるゆえのことなのかも知れない。

（それは、わしもまた同じなのではないだろうか……）

　兼続にもまた、つねに景勝という存在がある。

　背信を考えたことは一度もなかった。

　秀吉がことあるごとに兼続を引き立て、「百二十万石のうちの三十万石は直江の分だ」などといっても、兼続はそれを、主従を離間させるための策だとして、警戒を強めただけだった。

兼続が幼いころから、景勝は主人としてそばにいた。歳も近く、友のようにして育ってきたこともあったが、あくまでも主人だ。

しかも、きわめて好もしい主人だ。兼続を押し潰そうとしたことも、愚弄《ぐろう》するようなこともなかった。景勝の性はきわめて清廉《せいれん》であり、善良であった。

兼続の献策をまるごと容認し、しかもその責はすべておのれが負うという大きな度量も持っている。だからこそ、兼続は景勝のために、粉骨砕身《ふんこつさいしん》してきたのだった。

（もしかしたら、わしも石田の立場に置かれたら、同じようなことをするのか……）

兼続にとって、厳しい自問だった。

直江兼続は厳密な意味で、決断という体験を持っていない。景勝の近習から次第に重用されるようになり、ついには上杉家の執政として、あらゆる方面を取り仕切ってはいるが、しかしそれはあくまでも景勝の決断があってのことである。

もちろん兼続は、あらゆる情勢を分析したうえで、最良と思える策を提言してきた。景勝もまた、兼続の提言はほとんどすべてといっていいほど受け入れ、それを信任してきた。

それでも、献策と決断とは別物なのである。

石田三成も同様だった。秀吉の近習から成り上がり、五奉行のひとりとまでなったが、彼の頭上にもかかならず、秀吉という巨大な権力者がいた。決断はその、類稀《たぐいまれ》な実行力を持つ男にまかせればよかった。

秀吉という権力者をなくしたいま、三成はあふれるような才知が空回りしているように見える。いくつかの決断の時期を踏みちがえているようでもある。

（補佐役の限界か……）

ふと、兼続はそう思った。ひどく頼りなげな気分だった。

「今宵はぬくいな……」

景勝の言葉に直江兼続ははっとわれに返った。

障子戸はかすかに開けはなたれていて、そこから入ってくる風は、生温かく、ねっとりとした重さを持っている。

「与六……」

と景勝は、直江兼続の幼名を呼んだ。

「そなた、お屋形さまの顔を覚えておるか」

「それは、もちろん」

謙信は髭が濃く、やや下《しも》ぶくれの顔だった。大酒を飲みつづけたため、晩年はいつも赤ら顔で、鼻の先の血管が浮いて見えた。

「そうか……」

と景勝は、少し寂しげな顔をして、

「わしはこのところ、お屋形さまがどんな顔をなさっていたか、わからなくなることがあるのだ。無論、顔は覚えておる。ただ、微妙な表情とか、どんなときにどんな顔をなさったかが、わからない。以前は、こんなとき、お屋形さまはこんな顔をされたはずだということまで思い出したものだったのにな」

生前、謙信は自分の肖像画を描かせなかった。

ただ、奇妙な絵は残っている。雲に乗った独鈷《とっこ》と、赤い盃を描いたものである。謙信はこの絵の赤い盃を指して、

「これがわしの肖像だ」

といった。

謙信は大酒飲みだったため、自分を盃にたとえたのか。あるいはもっと深いものがあったのか。まるで禅問答のような絵だった。

いま、このときに謙信の話を持ち出す景勝を、直江兼続は訝《いぶか》しんだ。

「与六……」

「はっ」

「お屋形さまは、わが実父をあやめられた」

「……」

景勝はやはり知っていたのである。そのことを口にしたのは今宵が初めてであり、さすがに兼続は緊張で身を固くした。

「父・長尾政景を殺した男を、父として仰いできた。まだ、若かったころは、ずいぶんと苦しんだものだった。だが、やがて政景がおろかだったからだと思うようになった。正しいのはお屋形さまだったのだと。義がそこにあったなら、父を殺したのもやむを得なかったのだ」

「よくぞ、そこまで」

「そう思ったとき、ますますお屋形さまのようになりたいと思った。わしがお屋形さまのようにならなければ、父・政景も浮かばれないとまでにな」

景勝はそこで言葉を止めた。

しばらくの沈黙の後、景勝はふたたび口を開いた。

「わしはお屋形さまの足元に近づけたのか、それがときおりたまらなく不安になる」

「充分、おなりあそばしました」

ようやく直江兼続が口をはさんだ。

「まことか」

「嘘ではございませぬ。まさにお屋形さまと似てこられました。それどころか、家臣に対する思いやりや、統率力においては、亡きお屋形さまを凌駕《りょうが》しておいでですぞ」

「そこまでいうな、与六」

景勝は苦笑した。

それから、ふっと表情をもどし、

「そこで、このたびのことじゃ」

「石田のことでございますか」

「いや、石田が佐和山に蟄居《ちっきょ》し、その後のことじゃ」

「はっ。それこそが肝心なこと。石田が大坂から退いたとなると、これからは殿が果たさなければならぬ役割は大きくなるのでは……」

すでに、徳川家康が秀吉の後を狙って、大きく一歩、踏み出してきたことは明らかになっている。

これに立ち向かうのか。

追従するのか。

あるいは背を向けるのか。

直江兼続は、景勝の心中はおそらく後者であろうと踏んでいた。

いままでの景勝の態度――五大老の地位にありながらも、しいて前田利家、毛利輝元、宇喜多秀家らの前面に立って、意見をまとめあげようとはしてこなかった。景勝の性向からしても、今後も残る大老たちをとりしきるようなことはないだろう。

景勝は重い口を開いた。

「わしは、できるだけ早く、会津に帰る。もう、これまでのようなごたごたや、駆引きのやりとりにはうんざりした」

「はっ」

予想したとおりの言葉だった。

家康とはもっと距離を置き、天下の趨勢《すうせい》を見守ることになるだろう。そのとき、機会があれば越後に兵を入れ、北の覇権をさらに確立するようつとめるのだろう。

「しかし、家康がもっとあからさまに兵を挙げて、天下盗りに動き出すなら、いや、おそらくそうするであろうが、そのとき家康の矢面《やおもて》に立つのはわしであろうな」

「えっ」

「ほかの大老たちを見ていると、わしはそう思う。しかも、その日はそれほど遠くはあるまい」

「そこまでのお覚悟でしたか……」

もしも、景勝が家康に立ち向かえば、それは凄まじい戦いになるだろう。

不識庵謙信が育て上げた精強の上杉軍団である。むろん、景勝や兼続の指揮の力量も問われるが、決して家康の軍団に遅れをとるとは思えなかった。

ならば、一刻も早く、その準備をしなければならない。

(家康に立ち向かうということは……)

もしも家康に勝ったときは、今度は上杉が天下を望める地位にのしあがるということにほかならないのである。

(景勝さまは、そこまでの覚悟もおありなのか)

兼続はしばらくの沈黙のあと、景勝に訊いた。

「殿は、天下を望むお覚悟はおありでしょうな」

兼続が、主・景勝に対して、初めて訊くことだった。

こと景勝に対しては、訊きにくいことだ。清廉であろうとする男に、欲望の有無をたしかめるような問いだからである。

だが、いまこそそれを問わなければならない。兼続のこれからの策謀にもかかわってくるのである。

「天下か……」

景勝は小さく笑った。

「わしにそのような度量があると思うか」

兼続はうなずいた。

むしろ、景勝のような男こそ、天下人にふさわしいのかも知れない。剛毅と清廉とを持ちつつ、どっかりと天下を睥睨《へいげい》する王者の姿が見えてくるような気がした。あの謙信がそうであったように、神秘的なまでの威厳をたたえ、生きながら数々の伝説をつくりあげることもできるだろう。

だが、景勝が天下を差配するなら、そのときこそ自分や石田三成のような補佐役が必要となるだろう。

景勝は目を逸《そ》らした。

「亡きお屋形さまは、天下を望みはしなかったぞ」

「それは……」

本当にそうだったのか。

謙信は急逝したとき、上洛をもくろんでいた。上洛すれば、まちがいなく信長と雌《し》雄《ゆう》を決することになっただろうし、勝てば天下がころがり込んでくるはずだった。

謙信はそれを足利将軍家に返し、自分は古来からの関東管領という役におさまるつもりだったという。上杉家にいまも語りつがれる伝説であった。

それは――。

あまりにもきれいごとではないか、と直江兼続は思うのである。

戦さは武将だけが行なうのではない。足軽や雑兵、そして百姓まで含めた人間たちが行なうのである。そうした人間たちに、天下という利益を与えずして、戦さが成り立ちうるのかどうか。

謙信という武将には名誉が残るだろう。〈義〉のために生きた武将として、人々の尊敬を集めるだろう。しかし、泥水を啜《すす》り、傷つき、命すら危うくした人間たちにはなにが残るのか……。

天下を取った者は、おのれの度量のすべてを賭けて、みずからが治めるべきではないだろうか。そして、血と汗とには現世の利益で報《むく》いてやるべきではないのか。

「では、殿が民から天下を取ることを望まれたらいかがいたしますか」

「わしがか……もしも天下の民が望むならば、そのときは受けねばなるまいな」

景勝は少し照れたようにいった。
兼続はその表情を好もしく思った。
この殿には、家康や太閤のような厚顔さはない。
（天下を取らせてあげたい……）
直江兼続には、それができるような気がしていた。

第四章　直江《なおえ》無礼状

一

慶長四年（一五九九）八月――。

上杉景勝は、筆頭大老徳川家康に対して、

「会津へ帰らせていただきたい」

と申し出た。

前田利家が亡くなり、五奉行の実力者だった石田三成が佐和山城に隠遁《いんとん》して以来、豊臣政権は実質上、家康が把握している。

さすがに秀頼の周囲の者たちは、家康の力が肥大化する傾向に眉をしかめる者もいたが、面と向かって敵対するわけでもない家康に、文句をいう理由すらない。

家康は、太閤の遺言のとおりに、五大老のひとりとして職務をつとめているのだ。

「会津中納言どのも……」

家康は一瞬、複雑そうな顔をしたが、

「毛利どのたちも帰国したし、会津中納言どのばかりいつまでも留《とど》めおくことはできますまいのう」

と、これを了承した。

この夏、家康は、

「諸大名の領国への帰還を許す」

という特例を発していた。

太閤の薨去《こうきょ》以来、諸大名の多くは大坂や伏見に詰めていたが、内心では早く帰国したくてたまらなかった。朝鮮の役からほとんど領国の治政を家老まかせにしてきたのである。その中には、国許で派閥間の抗争まで起きているところもあった。

しかも、太閤の葬儀も、二月二十九日にひっそりとすまされてしまっている。もはや、大坂にいる理由などほとんどないのである。

特例が出るや、加藤清正も黒田長政も、小西行長も立花宗茂《たちばなむねしげ》も、これまでの政争などそっちのけで、九州へもどっていった。

帰りたいのは、広大な領土を持つ大老たちも同じことである。

まず、毛利輝元が安芸に向かって発った。

毛利輝元は、家康ばかりを大坂に置くのは不安だったが、まだ、宇喜多秀家と前田利長は残っている。宇喜多秀家は領国が近く、国許との往復はそれほど大儀ではなく、前田利長も秀吉の遺言によって、大坂で秀頼の守役《もりやく》となっていなければならない。輝元は久しぶりに羽を伸ばすような気分で国許へ去った。

だが、直江兼続は、

（あの家康のこと、このままなにもせずにいるわけはあるまい……）

と危惧していた。

といって、大坂にいても、家康の横暴を抑え切ることはむずかしい。前田利家と石田三成を欠いた政権中枢では、家康の謀略にからめとられていくだけである。

しかも、家康とことを構えるとしても、このまま大坂にいては、かえってなにもできないのである。

一日も早く、会津にもどり、いざというときに備えなければならなかった。

本多正信とばったり出くわしたのは、帰国の準備にとりかかった矢先のことであった。

この日、兼続は五山の僧の幾人かに別れの挨拶をしに行った。その帰り、たまたま通りかかった京都の廓《くるわ》町で、ちょうど遊廓から出てきた本多正信と鉢合わせした。

「これは直江どの、いやはやとんだところを……」

正信は、顔を赤らめ、薄くなった頭を掻いた。どうやら、いつぞやとちがって、今日の出会いはまったくの偶然らしい。

「なんのなんの、気苦労の多い本多さまゆえ、たまには気鬱を散じるのも必要でございましょう」

兼続も見ないふりをしようとしたのだが、先に声をかけられてはそうでもいうしかない。

「まったく、近頃の時世の動きときたら、わしのような年寄りには目がまわるほどでござってな」

本多正信はぬけぬけとそんなことをいった。まるで人ごとのような口ぶりである。

「太閤さまが亡くなってからの内府さまの変わりようときたら、律儀で鳴らした以前とは大ちがい。これには、陰に本多さまがおられるからという評判も伝わってきていますぞ」

「さようか。それをいわれるとわしも辛いのだが……」

兼続がいったことは、単なる皮肉ではない。実際、家康の変貌の陰に本多正信ありという見方は、広く囁《ささや》かれていた。

本多正信という家康の謀臣は、じつに奇妙な人物だ。

その能力は家康からも高く買われていたが、おのれの身を富ませることは強く戒《いまし》め、関ヶ原の合戦ののちにようやく一万石の大名に取り立てられたにすぎない。しかも、その後、老中の座についても増封を固辞しつづけ、ついに一万石のまま生涯を終えたほどだった。

しかし、その権謀の術ときたら、いかにも陰険であり、厚顔無恥であった。

梟雄《きょうゆう》として知られる松永弾正《まつながだんじょう》が、まだ若いときの本多正信を評して、

「剛ならず、柔ならず、非常の器《うつわ》なり」

といったというから、謀略の素質はもとから備わっていたのだろう。それが家康のそば近くにあるようになると、権謀術策は凄味《すごみ》すら帯びてきていた。

本多正信の恐ろしさを示した逸話がある。晩年に近いころの話だが、〈浸潤《しんじゅん》のそしり〉として伝えられたものである。

そのころ、本多正信とともに家康の信望が厚かったのは、大久保忠隣《おおくぼただちか》だったが、この好敵手を追い落とすときに、こんな策を使った。

まず、正信は大久保忠隣にこう訊《たず》ねるのだ。

「貴公、近頃、なにか思い当たる節はござらぬか」

「思い当たる節？　はてなんのことでござるか……」

忠隣はなんのことやらわからず、首をかしげるばかりである。

「いやいや、なにもないのなら、それでよいのだ」

正信はそのまま話をうやむやにしてしまう。

だが、さらに数日して、正信はもう一度、同じことを忠隣に訊くのである。

こうなると、忠隣も気になってくる。

「いったい、どういうことでござる？」

「いや、なに、じつは……」

と、家康がなにか忠隣のことを気にしているらしいのだが、それがなんなのかはわからないのだという。

忠隣はもはや気になってしかたがない。少し前には忠隣の右腕となっていた大久保《おおくぼ》長安《ちょうあん》が、死後に汚職の罪を着せられて、一族を抹殺されている。もしかしたら、それに類《るい》することなのかと、疑心暗鬼にもなってくる。

このため、忠隣は家康の前に出にくくなってしまう。

その機を待って、正信は次に家康に、こんなことを囁くのである。

「近頃、大久保忠隣どのが姿を見せませぬが、なにかあるのでございましょうか」

こうして家康と大久保忠隣とのあいだに微妙なわだかまりをつくっていき、ついには忠隣を失脚させてしまった。

無から有を生み出すまるで手品のような詐術である。

これほどの策略家でありながら、決して権力の表面に出ようとはせず、金銭面でも質素を貫《つらぬ》いたというのだから、奇妙というしかない。

その本多正信が、いまは直江兼続の前で、盗み食いが見つかったこわっぱのような照れた笑顔を見せている。

兼続は今度こそ、なにか皮肉めいたことをいってやりたくなった。

「それにしても内府さまが、石田三成のような文の者ではなく、加藤や福島らのような猪武者たちと結ぼうとは、思ってもみませんでした。本多さまのようなお方がついていながら」

「ああ、それは……」

正信は言葉に詰まってうろたえた。

「本多さまは、治部少輔の気持ちをもっとも理解なさっておられると思っておりましたが」

兼続は重ねてそういった。本多正信も、家康の家臣の中では文治派といえる立場なのである。

「わかっておりますとも、いやいや、それはよくわかっておりますぞ」

「では、なにゆえにあのような武断派の武将たちと結ばれなさった？　もしかしたら、あとの始末が楽と踏みましたかな？」

「これはきつい。だが、直江どの、この世のことというのは、そうそう思いどおりになどならぬもの。われら主従にしても、まさか加藤や福島があれほどにわれらを頼ってくるとは思ってもみませんでした。じつをいいますと、わしも上様も、景勝さまや直江どのと、お近づきになりたかった」

「ほう……」

まんざらの世辞でもなさそうだ。

「相手が直江どののゆえざっくばらんに申しますが、太閤子飼いの武将たちよりも、かつては織田、豊臣と敵対した武将たち、たとえば上杉、毛利、島津などと手を組んだほうがずっと戦いやすいし、だいいちわかりやすい。ところが、わが主《あるじ》が好かれるのは、なぜか太閤子飼いの連中ばかり。弱ったものでござるよ」

正信はしゃあしゃあとした顔で、とんでもないことを語っている。徳川に天下を狙う意志があると、公然と告げているのである。

ひとりの英雄が去り、その体制が揺らぎはじめたとき、もっとも力のある男が英雄の次を狙わないはずがない。正信は本音を突きつけて、上杉の出方を見てみたいという気持ちもあるのだろう、と兼続は踏んだ。

「なるほど。だが、本多さま、絶えようとするものを継ぎ、傾こうとするものを助けるのも義ではござらぬか。徳川さまが、豊臣政権を義によって立て直していかれれば、徳川さまの声望は天下に鳴りひびくことでございましょう」

正信はひどく顔をしかめた。

「義でござるか。さすが謙信公のお家の方はきびしいことをいわれる。だが、世間ははたしてその義とやらを、望んでおりますのかな。絶えようとするものは断ってしまう、傾くものは倒してしまう、世間はそれを心の奥では望んでおるのではないかのう」

そうかも知れなかった。

徳川の家では、どこを探しても、義などというものは見つからないだろう。だからこそ内府はなんでもできるのである。

だが、上杉の家、とくに景勝の心には、その義というものがどっかり腰を据えている。それはいざというときは、強さにもなるし、足枷《あしかせ》にもなるのだろう……。

「のう、直江どの。近頃、わしはよく思うのだが、いくら謀《はか》りごとをめぐらそうが、世の大きな流れは変えようもない。われらができるのはせいぜい脇に水を引くとか、小さな流れを加えるとか、そんなところにすぎないのではと」

「確かに……」

本多正信のいっていることには一理ある。しかし、兼続はその意見に反論した。

「おそらく、それはあくまでも謀りごとであるからでしょうな。本多さま、わたしは、もっと毅然とありながらも、堂々と押し出していくことで、この世の流れを変えることもできるかも知れないと思っているのですが」

本多正信はまぶしげに目を細めて兼続を見た。

「いやはや、さすがに直江どのはお考えが大きい」

「内府さまがそうした態度を貫かれなかったのは、まことに残念に存じます」

「うむ……」

直江兼続は、うつむいた本多正信に軽く頭を下げ、その場を立ち去ろうとした。

その背後から、

「直江どの……」

と、もう一度、声がかかった。

「お互い、主には天下を取らせてあげたいものですな」

「なにか？」

「…………」

なにをいっているのかと兼続は思った。

「いや、なに、謀臣などという立場にあると、ついついわが身が天下を狙うような気分になってしまいがちでしてな。ところが、謀臣と主とでは、これはまったくの別物。あくまでもわれらは、主に天下を取らせるというのが天命でござるのではないかな」

「…………」

一瞬、正信の言い訳かと兼続は思った。おのれが姑息な謀りごとをめぐらすのも、ただ家康に天下を取らせたいためにすぎないのだと。

だが、正信の物言いには力みもなく、淡々とおのれの感じるところを述べているようでもあった。

「だが、主が天下を望まなかったら、どうですか？」

と兼続は訊いた。

正信の話を聞いているうちに、兼続は不意に羨望にも似た気持ちが湧いた。

家康と正信は、天下という明確な目的に向かって邁進《まいしん》している。ただ、ひたすらに、がむしゃらに。義もなければ愛もない。そんなものに惑わされることはない。

だが、景勝と自分とのあいだには、そうした目的がいまひとつ、はっきりしていないのではないか。信頼関係はある。それは、家康と正信の関係にまさるとも劣らないはずである。それなのに、なにかがちがう……。

景勝は、天下の民が望むなら、自分もそれを受けるとは語った。しかし、それは、家康の露骨なほどの欲望と比べて、なんとつつましいものだろうか。

兼続はもどかしさを感じていた。

「ほう。それでは、景勝どのが天下を望まぬといわれるのか」

「あるいは……」

「それはありえぬであろう。この乱世に武将として立ち、天下を望まぬなどとはたわごとでしかない。直江どのともあろうお方が、そのようなことを」

正信は薄く笑った。

これ以上、話せば、兼続は上杉の家の重大な欠陥ともいえるものにまで言及してしまいそうな気がした。

兼続は、そうした不安を断ち切るように、本多正信の目をまっすぐに見て、いった。

「むろん、主・景勝をなんとか押し立てるべく力を尽くすことがわが願いでもあり、本分でもございます。だが、本多さま……」

「む……」

「わたしが主に天下を取らせようと思えば……」

「さよう。直江どのとわたしと、知恵比べをせねばならなくなる」

正信と兼続はしばし見つめ合った。

それからひどく満足げにうなずき合い、廓町の雑踏の中を、互いに踵《きびす》を返して遠ざかっていった。


会津への帰還は決まったが、伏見屋敷には菊姫もお船も置いていかなければならない。秀吉は死んでも、秀頼に対して、叛心《はんしん》のないことを示さなければならなかった。

「今度はいつ、伏見にまいられますか」

と、お船はそっぽを向くようにしていった。可愛げのない態度だが、横顔には寂しさもうかがえる。

お船も近頃では、政治向きの話に口をはさむことはほとんどなくなっていた。事態の推移があまりに急激で、しかも複雑怪奇であるため、越後の内政に首を突っ込んでいたときとはあまりに勝手がちがっているのだ。

お船の後ろには、兼続のふたりの娘と、まだ幼い竹松がいる。

ふたりの娘も、お船の派手好みに倣《なら》ったように、いま流行《はや》りの着物でめかし込んでいる。つねづね華美に流れがちな娘たちには眉をひそめてきたが、いざ、別れともなると、やはり胸に迫るものがある。

いくら、贅沢な暮らしを送ってはいても、所詮は人質なのである。ことが起これば、幽閉されたり、あるいは自害に追い込まれたりといったこともありうるだろう。

ましてや、嫡男の竹松はその可能性が高い。竹松は、けさも喘息の発作が出ているらしく、青い顔で、苦しげな息をしていた。

「さて、いつになるか……」

兼続にもわからない。

が、もしも、伏見に戻ってこられるとすれば、かなり先のことになるだろうという予感はあった。

あくまでも家康の出方次第だが、会津と江戸のあいだで雌雄を決することだってないとは限らない。そうなれば、上洛はおろか、二度と顔さえ見られないかも知れない。

そう思うと、お船や子どもたちが哀れでもあった。

そうした兼続の感傷を解き放ってくれたのは、お船の言葉だった。お船は大きなため息をひとつつくと、ありったけの恨みを込めたような口ぶりで、

「越後にいたころはようございましたなあ。おまえさまが偉くなられても、わたしたちには辛くなるばっかりで……」

といった。

兼続はなにも答えず、家族に背を向けて馬の鐙《あぶみ》に足をかけた。

上杉軍団は粛々《しゆくしゆく》と行軍していく。

およそ三百人ほどの一行だが、無駄口を叩く者はほとんどいない。

景勝の威風は雑兵にいたるまでいきとどいている。

これよりだいぶ後の話だが、上杉軍が大坂冬の陣で大坂城を攻撃したさい、景勝が戦場に見回りにやってきたことがあった。

すると、だらけていた兵士たち数人が、景勝を恐れ、鉄砲玉が飛び交う柵の向こうへ逃げてしまった。

上杉の兵士たちは、鉄砲玉よりも大将の怒声を怖がる、と他国の兵士たちに呆れられたものである。

それほど、景勝の威厳は圧倒的だった。

途中、佐和山の城下を通る。兼続は景勝とともに、この城下を通りすぎた。おそらく、家康の忍びが、上杉主従の動きを、会津にもどるまで逐一《ちくいち》見届けているはずだ。

景勝一行は、佐和山から二里ほど行った町に宿を取ったが、夜更けてから兼続は供の者をひとりだけ連れて宿を出た。佐和山城へ引き返したのである。

佐和山城は琵琶湖畔の小高い山にそびえ立つ巨城である。闇の中で見上げた城は、星空に向かって屹立《きつりつ》し、静まりかえってはいても、途方もない意志を秘めているかのようだった。

三成の前は、関白豊臣秀次のものであったが、その当時はせいぜい城番を置く程度の荒れ果てた古城だった。

三成はこの古城に大幅な修復の手を入れ、本丸を中心にして、西の丸、二の丸、三の丸まで築き、さらに湖畔には湖上の交通のために、百艘近い船を備えていた。

三成に過ぎたるものがふたつあり　島の左近と佐和山の城

と、落首にもうたわれたほどである。

島左近勝猛《かつたけ》は、大和の筒井順慶のもとで侍大将をしていたころから、その武勇と智略は知られていた。三成がまだ、近江の水口《みなくち》城主で四万石しか与えられていなかったころ、この島左近を一万五千石で迎えて世間を驚かせたものである。

ただし、城の内部は威容を誇る外観ほど立派ではない。三成は、秀吉のもとで聚楽《じゅらく》第《てい》や伏見城といった絢爛《けんらん》豪華な建造物の建築にもかかわったわりには、自らの城を飾りたてるようなことはしなかった。城の居間なども、簡素な板張りであり、壁などは荒壁のままにしていた。

また、庭の樹木なども見た目より実用本位で、籠城のさいに役立つ実のなる木が植えられ、無駄なものに金をかけた気配はほとんどなかった。

「いかにも石田らしいな」

兼続は案内された部屋を見回していった。床には敷物すらない。

「世がおさまれば、いくらでも贅沢をしてやる。ものには順序があるからな」

三成はそういって、不敵な笑みを浮かべた。

兼続にしても、秀吉の黄金趣味や、伏見や大坂の巷にまであふれた華美な装飾にはうんざりしている。

このあたり、兼続と三成の嗜好《しこう》は一致している。よくもこのように実利一点張りの男が、あの秀吉のような男につかえたものだとあきれるほどである。ただ、三成が惚《ほ》れたのは、馬鹿げた虚飾《きょしょく》にうつつを抜かす以前の秀吉だった。

そもそも、秀吉と三成の資質はまるでちがう。そのちがいに、憧憬《しょうけい》という感情が生まれた。

緻密な頭脳は、ときとして野放図《のほうず》な精神に憧れるのである。自らの緻密さに、うんざりしているからだろう。

だが、憧憬というものは永遠にはつづかない。対象を越えていこうとするときがかならずやってくる。そのとき、逆に憧れたものから遠ざかろうとしたりもする。いまの三成はそういうときだと、兼続は見ていた。

「直江。あやつは豊臣政権の中枢にありながら、ああしてなし崩しに天下をわがものにしていくつもりなのだ」

三成は、家康を憎々しげにあやつと呼んだ。どうやら内府の屋敷では期待したよりも冷たくあしらわれたようだった。

「あの、図々しいやり口は、わしにもやりきれぬ」

兼続も、家康の狡猾《こうかつ》さにはうんざりしている。

もちろん、天下を差配するには、狡猾さが必要不可欠である。しかし、家康には核のようなものが感じられないのである。上杉の言葉でいうなら〈義〉も〈愛〉も存在しない。ひたすら、なにやらぶよぶよとした大きな物体があって、それがあらゆるものを無遠慮に飲み込んでいくような気がする。

「直江。わしは、あやつと直接、話をした」

「うむ」

七将に追われて逃げ込んだときだろう。

「あのときは、あやつがわしの献策を取り入れるなら、あやつと結んでもいいとさえ思っていた」

「ほう……その場合、秀頼公は？」

三成と家康が組むとなれば、秀頼の存在はもっとも肝心なところとなる。

将来、関白《かんぱく》としてかつぐのか。

あるいは新たに徳川政権を打ち立てるのか。

三成は秀頼に対しては二心がないと思われている。

「馬鹿をいえ。秀頼公はまだ、七つだぞ。どのような男になるかはわからぬ。天下を取るのは、それにふさわしい力量を持った男だけに許されること。でなければ、民百姓が苦しむだけじゃ」

のちに、三成は、〈秀頼さまのおんため〉を掲《かか》げて家康打倒の大義とするが、これはあくまでも飾りの大義名分だった。後世では、石田三成は正義のために戦ったなどという意見も生まれるが、太閤の息子を守ることの、なにが正義なのか。三成はそれほど馬鹿ではない。

事実、三成は関ヶ原の合戦のために、秀頼をついに引っ張り出さなかったのである。いくら七歳の幼児とはいえ、もしも淀の方を説き伏せて、かたちだけでも秀頼を引っ張り出し、かの地に黄金の千成瓢簞《せんなりびょうたん》を立てていたならば、形勢はいっきに西軍の圧倒的な優位となっていただろう。

それをあえてしなかったということは、自分のための戦さであったことにほかならないのである。

「あやつはだめだ。ひたすら天下をわがものにしたいだけなのだ。何としても討つしかない……」

三成は吐き捨てるようにいった。

「われらは会津に帰るぞ」

「いても、戦さにはならぬしな」

「そうだ。会津はあまりに遠い。だが、おそらく内府はふたたび上洛を申しつけるだろうが、われらは上洛はせぬ」

「なに」

三成の目が輝いた。

「内府がなんといってこようとも、決して膝を曲げることはない。われらは、北を固め、内府が来るなら迎え討つ」

「それは景勝どのも……」

「むろん。殿も内府には辟易《へきえき》されておる」

「そこまでの覚悟か」

「うむ。もしも、内府が会津にやってくるとすると、どういうことか、わかるな」

「そうか、京、大坂が空く……」

「そのとき、おぬしがどう動くか、楽しみだ」

兼続は、三成の目を見た。

三成は無言でうなずいた。

このとき、日本史上最大の挟撃作戦ともいうべき戦略が生まれたのである。

しかし、戦術まで煮詰める状況にはない。戦術は状況次第で千変万化する。

「直江」

「うむ」

「わしと、おぬしとで……」

「天下分け目の大戦さをしかけようぞ」

三成が手を伸ばし、兼続がその手を握りしめた。

いまや奉行の地位も去り、わずか佐和山十九万石の大名・石田三成と、天下に名を知られたとはいえあくまでも家老の身分である直江兼続。

ともに四十歳である。

そのふたりが描いた戦略は、あまりにも巨大だった。

しかし、お互い口にこそ出さなかったが、このときふたりは、まちがいなく天下という巨大なものに手を伸ばしたのだった。

二

主だった大名たちが国許へ帰ったあとの家康の動きは迅速だった。

上杉景勝と直江兼続が会津にもどったのは、八月もなかばのことであったが、翌月の九月七日——。

家康は重陽《ちようよう》の節句の祝いで秀頼に挨拶するため、船で大坂へ向かい、石田三成の屋敷に入った。家康は大坂に屋敷を与えられていなかったため、大坂に来るたびに他人の屋敷に宿泊しなければならなかったのである。

石田屋敷でくつろいでいた家康のもとにやってきたのは、増田長盛《ましたながもり》と長束正家《なつかまさいえ》のふたりの奉行だった。

「たいへんな噂がありますぞ」

増田長盛はそういって、隣りの長束正家の顔を見た。

長束正家はうなずき、話のつづきを引き受けた。

「じつは、重陽の節句の祝いで大坂城に登城したときを狙って、内府さまを討ち取ろうという計略があるというのです。しかも、この計略の背後には、前田利長どのがおられるとのことです」

「なに、前田利長が……」

家康はわざとらしく目を剝いた。家康の第一の策略である。

重陽の節句の当日、家康は万全の警護をととのえ、秀頼に挨拶をすませた。しかも、暗殺者がいるため危険であるということを口実にして、そのまま大坂城内に居座りを決め込んだのである。

さらに、都合のいいことが起こる。大坂城内とはいってもその敷地内の石田正澄の屋敷に入ったのだが、家康に対して、それまで西の丸にいた北政所《きたのまんどころ》が、

「どうぞ、お使いください」

と西の丸を明け渡したのだ。

家康はなんら妨害者もなく、秀頼のいる本丸と向き合う西の丸に入り込んでしまった。

こうして、大坂城に巣食った家康は、増田長盛と長束正家のふたりの奉行を呼びよせ、

「たしかにわしのもとにも、加賀の前田利長が謀叛《むほん》を企《たくら》んでいるとの報告も入ってきておる。わしは、秀頼さまの名代として、加賀征伐の軍を出すつもりだ」

と宣言した。

こうなると、噂は自分で蒔《ま》いたとしか思えない。ひとつの噂に過剰に反応し、それを大義名分として、目的の行動に出ていく――これは家康得意の手法であり、やがては徳川家代々のお家芸ともなった。

この話は早馬で加賀の前田利長に伝えられた。

「なんだと、わしが謀叛だなど……」

利長は絶句した。

そのようなことは夢にも思っていない。

慌《あわ》てて家老の横山長和《よこやまながかず》を家康のもとにつかわして、弁明に当たらせた。

横山長和は家康に面会し、

「もしもわが殿が、太閤や父の大納言利家の遺言に背《そむ》き、秀頼さまに謀叛など企てようなら、世の悪評をこうむることになりましょう。よしんば、そのようなことを企てたとしても、われら家老はなんとしてもそれをいさめ、不義をたださんとする所存。なにとぞ、お疑いを散じくだされますようお願い申し上げます」

堂々たる弁護であった。

だが、家康はちっとも心打たれたようには見えなかった。

どんぐり眼《まなこ》で横山長和を睨みつけ、

「利長どのは、陰謀を企てるために、亡き大納言どのの遺言と偽り、ご母堂《ぼどう》を金沢へ下したのだともっぱらの噂であるぞ」

といった。

「そ、そのような……」

これもまた根も葉もない噂であり、家康自身がこしらえたいいがかりのようなものである。

「わざわざやってきたから、こうして面謁《めんえつ》したが、とくに話もないわ。はよう、加賀にもどられよ」

「まずは、わが殿の書状をお読みいただきとうございます」

家康はしぶしぶといったようすで、利長の書状を開いたが、

「なんだ、これは」

「な、なにか」

「誓紙がないではないか」

「誓紙は、太閤さまが亡くなられる前後に、しかと提出しております。もしも、わが殿がその誓紙を破るようなら、いまさら、何枚の誓紙をお出ししても反故《ほご》となるばかりでございましょう。なにとぞ、ふだんのわが殿の言動をご覧いただいて、謀叛などいたす人物かどうか、ご判断いただきたいと存じまする」

「横山……」

と、家康はふっと表情をやわらげた。

「ご母堂が帰ったりなさるから、このような噂がたてられるのじゃ。だから、ご母堂と、そうよのう、ご家老のひとりふたりほども、こちらに来れば、そうした噂もたちどころに消えるのではないか」

最後の問いかけなどは、猫撫で声といってもいい。

「はっ、おおせごもっとも。なれど、それぱかりは、わたくしがここで即答するわけには……」

横山長和がそういうと、家康は先ほどの猫撫で声をひっ込めて、

「ならば、相談してまいれっ」

と、面諷を打ち切ってしまったのだった。

利長の母堂というのは、利家亡きあと芳春院《ほうしゅんいん》と名乗っているが、もとの名は「まつ」といった。

高台院とはきわめて仲がよかった。信長がまだ、小牧山《こまきやま》に城を構えていたころ、木《き》下藤吉郎《のしたとうきちろう》とは家が隣り合わせており、藤吉郎家のねねとは亭主の愚痴をこぼし合い、晩の惣菜を分け合った仲である。

高台院と気が合ったくらいだから、芳春院もまた、きわめて聡明な女性だった。

前田家においても、信頼と敬愛を集めている。その芳春院を人質に差し出せという

のである。この返答を持ち帰るや、前田家の評定《ひょうじょう》は紛糾した。

前田利長には亡父が伝えた遺言があった。

「いまから三年以内に、世の中に騒ぎが持ち上がるだろう。そのときは、秀頼さまに謀叛をいたす者を討て」

そのさいの戦い方についても助言をしている。

「されば、三年のあいだは、わが兵数一万六千のうち、半分はつねに大坂に置け。そして半分は国許に置き、一事あったさいは、すぐさま国許の八千を合流させ、敵と戦うのだ。しかも、合戦はかならず、国の外で行なえ。一歩たりとも、敵を国内に入れるな。信長公もまた、たとえ少人数であっても、つねに敵地に兵を進めて戦ったことを忘れるな」

この遺言はすでに守られていない。

利家が亡くなってまだ半年も経たないうちから、大坂に八千の兵を置くどころか、利長自らが加賀へ帰ってしまっている。

家康の横暴な言動には、さすがに前主君の遺言を思い起こさずにはいられなかった。

「もはや、内府の天下盗りの企ては明らか。いまこそ、亡き殿の遺言にしたがい、兵を動かすべきでござる」

「だが、内府の力は二百五十万石の兵を抱えるほど。われらだけでは勝ち目はない」

「いや、前田が立てば、かならずや宇喜多さまや毛利さまもともに兵を挙げるはず」

家臣たちの意見は真っ二つに割れた。

この意見の相違に結論を下したのが、芳春院だった。

嫡男・利長に、家康と戦うほどの器量はあらず——と、母は見た。

前田利長はこのとき三十八歳である。愚鈍ではないが、あらゆる面において、父・利家に遅れをとっている。

これが次男・利政《としまさ》ならば、この戦さ、やらせてみてもよい——と芳春院は思った。

その戦さぶりは、槍の又左といわれたころの利家に瓜《うり》二つといわれている。利政なら、内府の戦さ支度がととのわぬうちに、いっきに伏見を突き、宇喜多や毛利とも結び、秀頼公をかつぎ上げるくらいの芸当はしてくれるかも知れない。だが、利政は能登に二十万石を構える大名であっても、前田家の当主ではないのである。

家康もまた、こうした利長の器量を読んでこそ、このような無謀ないいがかりをつけてきたにちがいないのだ。

「おやめなされ」

と、芳春院は悲しげに利長にいった。

「しかし……」

「そなたに、内府を向こうにまわす気概がありますか。天下に覇を唱える貫禄がありますか。乱世を戦い抜いてきた戦術がありますか。おやめなされ。それよりは前田の家を残すことだけをお考えなされ。わたしが人質にあがればよろしいのでしょう」

こうして芳春院は大坂へ向かった。

ところが、家康の計略はこれがすべてではなかった。芳春院が大坂につくや、

「前田から芳春院がまいった。これはわが徳川家と前田家との和睦《わぼく》のしるし。したがって大坂へ置くのもなんじゃから、江戸へつかわすことにしようぞ」

こうして、芳春院は江戸に移されることが決まったのである。

この話を聞いて、次男・利政は、

「内府に謀られた……」

と切歯扼腕《せっしやくわん》した。

のちに関ヶ原の合戦が起き、前田利政は西軍へ馳せ参じることになるのだが、ときすでに遅かった。徳川家康とともに秀頼を支える二大巨頭となるはずだった前田家は、わずか半年にして、家康の膝下《しっか》に屈してしまったのである。

三

明けて慶長五年(一六〇〇)の春である。

会津若松城から北西におよそ三キロ——。神指村《こうざし》というあたりに、大勢の人夫たちが集まっていた。

石垣を築く者たち、堀をうがつ者たちなどで、周囲はごった返している。

その中心に、直江兼続はいた。

自身も埃《ほこり》まみれ、汗まみれである。たえず、周囲を歩きまわり、図面と見比べ、大工たちと打合わせをし、こまかい進捗《しんちょく》状況をたしかめ、つねに動きまわっている。

風はやわらかく、ここ北国会津にもようやく本格的な春が訪れようとしていた。そうした春の景色にはあまり似つかわしくない、大規模な築城工事である。

ここにはすでに蒲生氏郷が改修した若松城があったが、この城は背後に山を背負っていた。中腹から大砲でも撃たれれば、天守にも届きそうである。しかも、新たに堀をうがって、規模を拡大することも難しい。

このため、景勝と兼続は相談し、神指村に新城を築くことにした。

雪解けを待って、工事は始まった。築城のため、近くの慶山《けいざん》を崩し、岩や土を運び込んだ。昼夜も問わない突貫《とっかん》工事である。

この城が完成したあかつきには、東西百八十メートル、南北三百メートルの本丸と、東西四百七十メートル、南北五百二十二メートルの二の丸を持つ巨大な城になるだろう。さらに時を稼げるなら、この周囲を三の丸で囲む構想もある。万が一、籠《ろう》城《じょう》するような羽目になっても、一年や二年はゆうにもちこたえられる城にするつもりだった。

いま、このとき、これだけの巨城を築くことで、内府徳川家康を刺激することはまちがいない。こちらの出方によっては、戦さになる可能性は高い……景勝も兼続も、そうした予測を立てていた。

景勝の胸にあるのは、中央の政治に対する嫌悪である。

せめて自分だけは、そうしたものにとらわれたくないという思いが、戦さの準備を行なわせていた。

兼続にはさらに、石田三成との密約があった。

三成がどこまでできるかわからないが、兼続はやれるだけのことはするつもりだった。

もしも、内府が会津に攻めてきても、そうたやすくは敗れはしない。

やがて攻めあぐねるうちに、京・大坂でも、石田三成を中心にして、反家康の勢力が結集するだろう。そうすれば、逆に家康は、西と北のあいだで孤立する……。

神指城普請の狙いは、景勝よりも直江兼続において、挑発の意識が強かった。

「旦那さま」

直江兼続は呼ばれて振り返った。

いま、上杉家では数多くの浪人者をあいついで召し抱えているのだが、その仕事を担当している男だった。

「今朝から三人ほど、当家につかえたいという者がまいっております」

「そうか。よし、こちらに通してくれ」

兼続は人夫の出入りが少なそうな場所を選び、石に腰をおろした。工事を指揮監督するのに手が放せないため、城を訪れた仕官希望の者はこちらに来てもらう手筈《てはず》にしていた。

先ほどの者が、三人の他国者を連れてやってきた。

昨年の秋ごろから上杉家ではすでに三千人近い浪人を雇った。きたるべき合戦に備えてのことである。

その中でもっとも有能であり、天下にその名を知られていたのは、やはり前田慶次《まえだけいじ》郎利大《ろうとしおき》だろう。前田利家の甥《おい》っ子にも当たるこの男は、そのバサラぶりで、京の名物男でもあった。

衣装の奇抜さときたら、神経を疑いたくなるほどである。髑髏《どくろ》を染めた真っ赤な着物に紫の帯を締めて町中を歩いたりする。髷《まげ》は頭の上一尺ほどにもなる巨大な茶筅髷《ちゃせん》を結っている。

いくら派手好きが多い秀吉の天下でも、その異様さは目立った。利家はその奇矯な振舞いに眉をひそめ、文句ばかりいったので、前田家を飛び出したという変わり者である。

ただし、単なる変人ではない。武勇の凄《すさ》まじさは北陸の戦線では伝説と化していたし、文学にも造詣《ぞうけい》が深く、茶の湯、謡曲《ようきょく》などを嗜《たしな》む趣味人でもあった。

兼続は以前から五山の僧を通じて面識はあったが、上杉のために働きたいと会津に現われたときは驚いた。

前田慶次郎は、会津にやってきて早々に、物議をかもした。背中に、

「大ふへん者」

と書かれた旗を背負っていたため、家中の腕自慢の者から、

「自ら大武辺者とはしゃらくさい」

と、非難の声があいついだ。

ところが、前田慶次郎はいけしゃあしゃあと、こういった。

「これを大武辺者と読まれたか。わしは浪人暮らしでたいそう不便をしておってな、だから大不便者と書いたつもりでいたのだが」

人を食った男だった。

兼続は、バサラ趣味の裏にある義に厚い人柄を知っていたので、ぜひ、上杉家に迎えようと景勝に面会させた。

このとき、前田慶次郎は頭をつるつるに剃り上げ、法衣を着て現われた。前田利家ならば、その姿はどうしたとか、うるさく詰問したことだろう。

「頼もしげな男よのう」

景勝は、一言いったきりだった。人物の大きさに、有名なバサラ武者も、さすがに直江兼続の主だと感じ入った。

前田慶次郎は新規に五千石で迎えられている。

このほかにも、山上道及《やまがみどうきゅう》、小幡将監《おばたしょうげん》、岡野左内《おかのさない》といった戦国にその名をとどろかせた武人たちが、千石以上の大身として二十名ほど迎えられた。

だが、対家康戦ということでなら、もっとも重大な役割をになっていたのは、水戸の佐竹家の重臣だった車丹波《くるまたんば》であった。

すでに五十歳は超しているだろうと思えるが、精悍《せいかん》さを通り越し、不逞《ふてい》の匂いすら漂わせた男である。

もともとは、磐城《いわき》と水戸のあいだあたりにある車城を本拠とする地方の豪族だったが、佐竹の軍門に降《くだ》った。だが、若いころから武技を好み、武者修行のように諸国をさまよったこともあるほどで、佐竹の家臣団のなかでおとなしくしている男ではない。

すわ、戦さとなれば、前線で激しく戦った。とくに伊達政宗に対して滅法強かった。かつて安積表《あさかおもて》の戦いと窪田《くぼた》合戦と呼ばれたふたつの戦いでは、伊達政宗を二度とも、あと一歩のところまで追い詰め、冷や汗を流させていたのである。

それほどの戦さ上手が、なにゆえに佐竹家から上杉家に来ているのか――。公《おおやけ》には伏されていたが、車丹波は二家の連絡役をになうため、上杉家にやってきていた。

佐竹家の現在の当主は、義宣である。その佐竹義宣は、上杉景勝を兄のように慕っていた。義宣は景勝よりもずいぶん若く、いまは三十歳である。景勝とは十五歳ほどもちがう。

佐竹義宣というのは、ちょっと奇妙な男である。

他人に顔を見られることをひどく嫌がった。梅毒にかかっていたこともあり、肌が汚く、腫《は》れ物も多かったが、それを隠したいためではない。だいたい梅毒持ちの武将など、加藤清正、黒田如水《じょすい》、結城秀康など数え切れない。本多正信もそのひとりである。では、義宣はなんのためにそれほど顔を隠したかったかというと、暗殺を恐れたのである。

義宣は寝るときも、寝室に屏風《びょうぶ》をあちこちに並べ立て、入口から押し入っても、いったいどこに寝ているのかすぐにはわからないようにした。しかも、内側から鍵をかけ、厳重な警戒をほどこさなければ眠れなかった。

それほど人を信じていない。

実際、自身もさんざん他人の寝首を掻いてきた。常陸の国の豪族三十三人を一堂に招いて、これを皆殺しにしたことさえある。そうやって、築き上げた五十五万石だった。いや、相馬《そうま》氏や岩城《いわき》氏といった組下大名を入れれば八十五万石にもおよぶのである。

これほど人に疑心暗鬼を抱きながら、上杉景勝だけは信ずるに足る男だと見込んだのだ。また、石田三成に対しても心を開いていた。三成が七将に追われたときも、真っ先に石田邸に駆けつけたほどである。

猜疑《さいぎ》心が強いだけに、いったんこれぞと決めたらとことんついていく、そういう種類の人間らしかった。

その佐竹とは、景勝がすでに話をつけたのである。

「いざ、ことがあったときは、佐竹は必ずわしの味方をするといった」

景勝がいうなら、それはよほどに確実なことである。

こうして、上杉家と佐竹家のあいだを緊密なものとするため、車丹波がやってきたのだった。

城普請の現場からすこし離れた木立の下で、この日、最初に面謁《めんえつ》したのは四十代のなかばを過ぎた武士だった。兼続には見覚えがあった。

「そなたは……」

「はっ、一昨年、京において」

そういわれてすぐ、思い出した。

逞《たくま》しい肩幅と、真っ黒に日焼けした顔の中の眼光は、忘れることができない。

「あっ、上泉泰綱《かみいずみやすつな》どの」

「あの節は失礼つかまつった」

上泉泰綱は、上泉伊勢守信綱《いせのかみのぶつな》の孫である。その上泉伊勢守は、関東管領・上杉憲政臣下の部将だったが、やがて兵法《ひょうほう》と剣で名を知られる。興《おこ》した流派は、新陰流《しんかげ》。これが柳生石舟斎《やぎゅうせきしゅうさい》に伝授され、柳生新陰流となっていく。

上泉伊勢守の孫である泰綱も、祖父に兵法と剣の手ほどきを受けて以来、京周辺で武者修行をつづけていたが、紹介する人がいて、直江兼続と会った。このとき、ほぼ上杉家につかえることが内定したのだが、仇討ちの事情があって、仕官を先延ばしにしていたのだった。

「よくぞ、訪ねてくださった」

「京において内府の横暴を聞くにつれ、ここはぜひ、上杉家のために一肌脱がせていただきたい」

「ほほう、京ではどのような噂が?」

「家康に歯向かうことができるとしたら、上杉さましかあるまいとの噂でござった」

「いや、それはさておき、お力添えをいただければ、百万の味方を得たようなものでござる」

「それでは」

「無論。さっそく、後ほど、景勝さまとお目通りいただこう」

上泉泰綱は脇に退いて、ほかの者の面談が終わるのを待った。

次に進み出たのは、武人でないことは明らかだった。

僧兵か、と兼続は思った。羽織袴姿だが、頭は丸めている。

「瓢簞斎《ひょうたんさい》と申す。呪術《じゅじゅつ》を少々……」

胸を張ったが、どこかに滑稽《こっけい》味がただよう風貌である。

「ほお、呪術をのう」

兼続は微笑んだが、どことなく皮肉な笑いにも見える。

戦国のころ、呪術を行なう者は珍しくない。戦さともなれば、呪術で戦略を占いもしたし、城に呪術者を置く場合もしばしばだった。

「して、どのような呪術を？」

「煙の上がる具合によって、戦さの行方を占いまする」

「煙の行方でか。それは面白そうだ。ひとつ、やってみていただけまいか」

「よろしゅうござる」

「わが上杉家では近いうちにだれかと争う羽目になるような気がしてならぬのだが、

いったい誰と争うのか占っていただこうか」

「承知つかまつった」

瓢簞斎と名乗った男は、兼続の足元にあった焚き火から、薪《まき》を一本取ると、なにやら妙な呪文を唱えはじめた。

薪が上げる煙の行方をカッと睨みつけると、

「出たっ。ううむ、争う相手は、石田治部少輔」

といった。

兼続は高らかに笑った。

「いやはや、瓢簞斎どの。貴殿の神通力《じんつうりき》もこの会津の風土にはちと合わぬのかも知れぬのう」

「さようか……」

瓢簞斎の胸が不意にしぼんだようになった。

力なく立ち上がり、背を向けて歩き出そうとする。その背中に声をかけた。

「呪術者としては無理でも、旗持ちのひとりとしてはどうかのう」

瓢簞斎はくるりと振り向き、

「はっ。それはかたじけない」

顔に笑みがはじけていた。

いろんな男たちがやってくるのである。しかし、直江兼続はこうして上杉を頼ってやってくる男たちのただのひとりも、無下《むげ》にする気にはなれなかった。なかにはとても役に立ちそうもない男も少なくはない。そんな彼らとて、どんな特技を有し、ある局面においては意外な働きをせぬとも限らない。

たとえ戦さのときには役に立たなくても、やがて町が繁栄し、多くの産業が興《おこ》ったときの働き手になってくれるかも知れない。

最後に残ったのは、まだ若い男だった。

「小島二郎兵衛《こじまじろべえ》と申す。先年まで朝鮮の地で、明軍と戦っておりましたが、京で逼塞《ひっそく》しておるところ、上杉家で人を雇っているとの噂を聞き、まかりこしました」

「ほう、朝鮮はどちらに？」

「熊川城でひどい目に遭いました」

「では、宇喜多どのの軍か」

「はっ、槍組の下っぱでしたが」

「ところで、宇喜多どのの旗印はなんであったかな」

「旗印ですか……なにぶん、明兵のやつらと戦うので、それどころでは」

「であろうな。……あっ、思い出した。揚羽蝶《あげはちよう》であったな」

「いかにも」

「ところで、貴殿のお仲間は？」

兼続は足元の焚き火を掻き混ぜながら、声を落として訊いた。

「は、仲間などおりませぬが」

「いや、おるであろう。内府のもとから、ともにやってきた仲間のことよ」

「えっ」

「宇喜多どのは熊川城に入っておらぬ。旗印は、丸に児の字。知らぬわけはなかろう。そのほう、内府が放った密使であろう」

そこまでいったときだった。

地べたに手をついていた小島二郎兵衛とやらが、そのままの姿勢で突然、宙に飛び上がった。まるで蛙かバッタが跳躍したように。

しかも、右手には短剣のような光るものが握られている。

その光るものが、兼続の首のあたりに刺し込まれようとした寸前、かたわらにいた上泉泰綱の手が大きく振り回された。

さらに、つづいて凄まじい轟音《ごうおん》も鳴りひびいた。

「ひっ」

そう叫んで、これもかたわらにいた瓢箪斎が後ろに引っくり返った。

瓢箪斎の前に、最初に断ち斬られた腕だけが、つづいて胸を血に染めた男の胴体がどっと落ちた。

「上泉どの、お見事」

「いや、直江どのの短筒《たんづつ》の腕もすばらしい」

上泉泰綱はそういいながら、血のついた刀に拭《ぬぐ》いをくれて、すばやく鞘《さや》におさめた。

兼続は、まだ煙を吐いている短筒を手にしていた。八寸筒と呼ばれるもので、兼続が愛用しているものだった。

「忍びはずいぶん入り込んでおるのですか」

「おそらく、数え切れぬほどでしょうな」

「内府のやりそうなことよ」

「なあに、こちらはなんの隠しだてもいたしませぬ」

兼続は平然といって、轟音に集まってきた家臣たちに、死体の始末を命じた。

「それほど忍びが入ってきているのか」

兼続が襲われたという話を聞いて景勝は、わざわざ神指城の工事現場にまで出向いてきたのである。このあたりも、家臣を思う景勝の気持ちが表われている。

「相当数の者が入り込んでいるでしょうな。だが、いちいち忍びの者を狩り出そうとしたら、きりがありませぬ。なにせ、忍びを多用するのは、内府さまの癖のようなものですから、うっちゃっておくつもりです」

家康は後世いわれるほどに陰険でも姑息でもなく、信長や秀吉などよりはるかに人のよさも持っていた男だったが、その印象になにやら不気味さが漂うのは、ひとつにはこの忍びの多用があった。

持ち前の小心さが、とにかく敵を知ることに異様なほど細心になった。もっともこの細心さこそ、彼が天下を得るための最大の武器になったのであるが。

「うむ。それでよかろう」

「伏見の千坂対馬から昨夜とどいた報せによれば、出羽の戸沢政盛《とざわまさもり》が内府さまに対して、上杉に不穏な動きがあると密書を送ったそうにございます」

「戸沢がのう……」

景勝は薄く笑った。戸沢政盛はいまだ二十歳にもならぬ若者である。そんなこわっぱが上杉の行動をとやかくいうことが、景勝には笑止だった。

「わざわざ戸沢ごときが報告せずとも、内府はすでに逐一つかんでおる」

「内府さまにとっては、そうした報告はむしろ、うっとうしく、ありがた迷惑でございましょう」

「黙って見過ごすわけにもいかなくなってくるというわけか」

景勝と直江兼続は、さも愉快そうにうなずき合った。


それから数日後のことである。

初夏の早い朝が、まだ明けきらぬうちから、直江兼続は景勝の部屋を訪れた。

「殿。昨夜、藤田信吉《ふじたのぶよし》が江戸に向けて脱出したとのこと」

「やはり……」

直江兼続の報告に、景勝はとくに驚くでもなかった。

藤田信吉という男は、なかなかの策士だった。本能寺の変の後、織田方の部将だった滝川一益《たきがわかずます》と戦ったときは、朽木などを集めて大量の人形をつくり、これらに篝火《かがりび》を持たせて大軍を装うなどの奇策も実行した。

奇策だけでなく、実際に戦っても、かなりの猛将ぶりを発揮する。ただ、どこか腰が定まらないところがある。この男は武田から上杉につかえたのだが、それ以前からもたびたび主を替えた。変に先が見えてしまうらしい。

その藤田信吉が、この年の正月に、家康と対面している。賀詞を述べるために、景勝の代理として大坂城を訪れたのである。

そのとき、家康は、藤田信吉を歓待し、

「わしがそなたの主なら、十万石ほど与えるだろうに」

といった。さんざんもてなしたあげく、景勝に上洛してくれと伝えるよう、告げたのである。

藤田信吉は、家康の豪気と威風に当てられ、またしても先が見えたような気になった。そこで会津にもどると、

「いまや上方では内府さまの威勢はたいしたもの。変にさからっても、決して上杉のおためにはなりますまい」

といって、景勝に上洛を強く進言した。

景勝は無言で、信吉を一瞥《いちべつ》したきり、そっぽを向くばかりだった。

藤田信吉の進言は、上杉の部将たちに疑惑をもたらした。

「奴め、家康に籠絡《ろうらく》されおった」

そうみなされた。

藤田信吉もやましいところはある。ついに、会津を脱出して、江戸に逃げ込むと、徳川秀忠《ひでただ》に会津の現状を報告したのである。

「なにっ。上杉中納言どのが……」

秀忠は、景勝のことを好もしい武将だと思ってきた。それだけに、藤田信吉の密告には衝撃を受け、すぐに大坂まで行って現況をじかに説明するよう命じた。こうして、藤田信吉は、家康にその旨《むね》を告げたのだった。

藤田信吉の裏切りは予想できたことである。

ただ、藤田ほどの重臣の裏切りは、景勝・兼続の主従に、覚悟を定めさせた。

「これで、内府さまもなんらかの行為を示さねば、恰好もつきますまい」

「うむ。そろそろ使いでも寄越すかのう」

「おそらく……。どう、扱いましょうか」

「存分にやるがいいぞ。上杉は前田なんぞとちがって、戦さを恐れぬというところを思い知らせてやるがいい」

「わかりました」

兼続は、景勝の肝の座りようが、わが主人ながら小気味よかった。

「それから、越後のほうにも揺さぶりをかけるよう、指示しておきました」

「揺さぶり……？」

「一揆《いっき》でございます。越後の国中に火の手が上がることでしょう」

「そこまでしたか」

景勝は少し不服そうにいった。

その口ぶりに、兼続は意外の感を持った。景勝は家康との真っ向勝負だけを想定していたのかも知れない。

だが、景勝は兼続の行為に異を唱えたわけではない。

まもなく、越後では一揆が続発する。

誰が見ても、陰にあやつる者がいることは明らかだった。

越後の堀秀治《ほりひではる》は単独で上杉に抗議することもままならず、当然のことながら徳川家康に訴状を送った。

兼続らが想像したように、家康はこうした密告を喜びはしない。

家康は訴状を受け取ると、遠い越後の大名を、口をきわめて罵《ののし》った。

「訴えてくるくらいなら、上杉を攻めてやればいいではないか。景勝はそうやってあの国を信長の猛攻から守り抜いたというのに、まったくたいした腰抜け大名だ。同じように密告してきた戸沢政盛と組むなり、やりようはいくらもあるだろうに。上杉といい、治部少輔といい、骨のある奴はわしに歯向かうし、頼ってくるのは頭の足りない奴か、腰抜け武者ばかりではないか」

四

家康からの使者が会津にやってきたのは、四月十三日のことだった。

使者は、伊奈昭綱《いなあきつな》という部将だ。これに、奉行の増田長盛の配下である河村長門《かわむらながと》がしたがっている。

さらに家康は、景勝ばかりか直江兼続のほうからも手をまわそうと考えたらしく、五山の僧・承兌の手紙を持参してきていた。かつて、秀吉のそばにいて、明国の手紙をそのまま翻訳し、二度目の朝鮮出兵を招いた僧・承兌は、いまや家康とも懇意になっていたのである。

伊奈昭綱たちは、緊張しきった面持ちで景勝の顔を見つめていた。

使いの重要さだけではない。景勝や直江兼続の態度が予想していたものとはまるでちがったのである。

伊奈昭綱は、むしろ不気味さすら覚えていた。

正面に座った上杉景勝は、先ほどからただの一言も口をきいていない。澄んだ目で、彼らを見ているばかりである。

伊奈昭綱は気圧《けお》されるものを感じて慌てて、家康から伝えられた口上を述べはじめた。

「貴殿はことさら合戦、籠城の支度をなさっていると、世間は取り沙汰しておるが、これはどういうことか。太閤さまのご恩を受けた身として、おかしくはないか。ご遺言をなんと心得る。お考えを変え、一刻も早くご上坂なさるべきでありましょう」

いい終えて、伊奈昭綱は尊大な顔つきで上杉景勝を見た。

やはり景勝の顔色に変化はない。

やがて、その重い口が開いた。

決して流暢《りゅうちょう》ではないが、言葉には淀みひとつもなかった。

「われらの心底には、いささかも叛意などありませぬ。なんの恨みがあって、秀頼さまに背《そむ》きましょうか。仰せになったことがらは、いずれもこの国の警護のため、かえって腑に落ちませせぬ。このうえは、讒言《ざんげん》を申した者とお引き合わせいただき、糾明くだされたく存じまする。それがなされぬまでは、大坂へは上がりませせぬ。また、たとえ大坂に上がったとしても、いささか存ずる旨がございますので、内府の末座に連なって政務を預かることは、御免こうむりましょう」

「そ、その返答でよろしいのですな」

伊奈昭綱の声音が震えていた。

「しかと、お伝えいただこう」

伊奈昭綱は、かたわらに控えていた直江兼続の顔を見た。目が、本当にこれでよいのかと語っている。

兼続も静かにうなずいたきりだった。

「直江さまには、西笑承兌どのからの手紙を預かってまいっております。ぜひ、お読みいただきたい」

伊奈昭綱は手紙を差し出した。

兼続は手紙を開き、すばやく読み出した。

中身は次のようなものであった。

「急ぎの手紙をもって申し上げます。

中納言殿のご上洛引き延ばしについて、内府さまはことのほかお疑いです。上方でもさまざまな不穏な噂が囁かれておるため、使者を向かわせることになりました。

使者からも口上がおありでしょうが、愚僧も長年のおつきあいもあり、おかしな話とも思っているので申し上げます。神指村に新城を築くのもよろしからぬこと。中納言殿があやまちをなされそうなら、貴殿からご意見を申し上げるべきでしょう。

内府さまのお疑いはもっともなところと存じます。

一、中納言さまに異心がなければ、起請文《きしょうもん》をもって申しひらきなされよと、内府さまは申されております。

一、中納言殿の律儀な志《こころざし》は、太閤さまの生前から、内府さまはご存じです。申し開きが立つならば、こちらにはどういう考えもありません。

一、堀直政《なおまさ》が訴えてきていることに誤りがあるなら、弁明なされたらいいでしょう。

一、この春の加賀の前田利長殿の挙兵の噂に対しても、内府さまの寛大な思《おぼ》し召しで、なにごともなく鎮《しず》まりました。これを前例の戒めとして、貴殿にもご一考あってはいかがか。

一、また、それについては、増田長盛殿でも、大谷刑部《おおたにぎょうぶ》殿でも、あるいは榊原康政殿にでもご相談なされたらいかがか。

一、千言万句はいりませぬ。要するに、中納言殿がなかなかご上洛なされぬため、このような事態が起こったのですから、一刻も早くご上洛なされるよう、貴殿からお勧めしてはいかがか。

一、上方では、会津は戦さの準備をしているというもっぱらの噂です。内府さまが、中納言殿の上洛をお待ちなされるわけというのも、やはりその戦さの準備のことで、朝鮮へ使者を出されたが、もし降参しなければ、来年か再来年には遠征軍を送るはずだということです。そのことについてご相談があるとのこと。早くご上洛なされよ。

一、愚僧は数ヵ年にもわたるご交際があるので、謀叛の噂などは冗談だと思いつつ、かくのごとく申し上げます。上杉家の興廃もここにございましょう。なにとぞ、よくお考えのほどを。敬具」

ときおり兼続の顔に笑いすら浮かぶのを見て、伊奈昭綱が驚いた。

兼続はこの手紙をたたみ、伊奈昭綱に向かっていった。

「よく、わかりました。さっそくにご返事をしたためましょう」

兼続は別室へと下がっていった。

いかにも家康の指示らしい書状だ。まわりくどく、ねちっこい。真綿で首をしめてこられるような息苦しさも感じられる。

こうして攻めあげられれば、多くの武将たちはうんざりし、やがて重苦しい圧迫感に耐えきれなくなり、ついには戦わずして白旗を掲げてしまうのだろう。

(同じ手を用いてやろう……)

と直江兼続は考えた。

大真面目な顔で、もっともらしい弁解を述べることで、逆に内府をいたぶってやろう。思いきり無礼で、思いきりしらばくれた書状にするのだ。

そう決心すると、長い文面に一度も迷うことはなかった。

綴《つづ》られる文字も、自然、闊達《かったつ》なものになっていく。

のちに直江状《なおえじょう》として知られる書状である。

「一、当国について噂が飛び、内府さまがお疑いとのことであるが、それも当然でしょう。京と伏見のあいだでさえ、噂がやむときはないのに、まして会津は遠国《おんごく》、わが主人・景勝も若輩者であるため、こうした噂はしかたありますまい。貴僧もあまりご心配はなされるな。
一、景勝の上洛が延びているのに、なにかと流言があるとのことですが、これは合点がいきませせぬ。景勝は一昨年、国替えとなって会津に参りましたが、その後、ほどなく上洛し、昨年、国にもどってまいった。それをまた今年の正月に上洛せよという。それではいったい、いつ、国の政務をとればいいのでしょうか。しかも、こちらは雪国で、十月から二月までは動きもとれませぬ。当国にくわしい人に聞いていただければ、すぐにわかることでしょう。それなのに、上洛が延びれば逆心があると噂が立つ。だれがそのように、他人の心を見透かすのか、まったく不思議に存じまする。
一、景勝に逆心がなければ起請文を書けとおっしゃいますが、太閤さまが存命のころから何枚の起請文を書いたことやら。それも信用しないのに、いまさら書いてもどうせ信用などしていただけるわけがありますまい。
一、太閤さまのころから、景勝は律儀な男と思し召しとのこと。それなら結構。景勝はいまにいたっても律儀な男で、どこぞのどなたかのように、朝と晩で考えが変わるようなことはありませぬ。
一、讒言《ざんげん》した者を糾明もせず、景勝に逆心ありとはこれいかに。まず、讒言した者を糾明していただきたい。さもなければ、内府さまは不公平なお人でござろう。
一、加賀の前田利長殿のこと、思し召しどおりに落着したとか。いやはや、内府さまのご威光というのはたいしたものですのう。
一、増田殿、大谷殿がご出頭なされ、政務に当たられていることはありがたい。用事があれば、あの方たちから連絡いただけることでしょう。ただ、この方たちは、たとえ景勝の謀叛が歴然であっても、いちおうは内府さまにご意見など申すのが武士の情けというもの。それは内府さまのおためでもあるでしょう。それなのに、讒言した堀直政のとりつぎばかりして、こちらに不利になることばかりなさるが、このようなことは武士のするべきことではございますまい。彼らは忠臣か、はたまた佞人《ねいじん》か、この点、よくよくお考えいただきたい。

一、世の噂と、上洛については、ざっと以上のとおり。

一、武備うんぬんについてだが、上方の武士は焼茶碗やら炭取瓢《ひさご》といった胡散《うさん》臭い道具を持ちたがる。一方、われらのような田舎武士は、槍や鉄砲や弓矢を持ちたがる。それぞれ国によって風俗がちがうまでのこと。疑う必要などありませぬよ。たとえ武具をそろえたといっても、景勝の財政でどれほどのことができましょうか。分相応の武備ですから、ご心配くださるな。

一、道をつくり、橋をかけるのは、交通の便宜をはかるため。国を治める者の義務でしょう。越後にいたときも、道をつくり、橋をかけた。それらはいまも残っているはずだから、堀直政も存じているはず。会津へ来たばかりのときは、道も橋もひどく壊れておったのです。だいたいが、越後は旧領であるばかりか、堀家ごときを踏みつぶすのに、なんの手間もいりませぬ。越後に通じる道すら必要もない。それに、つくっているのは越後に向かう道だけでなく、上野、下野《しもつけ》、磐城《いわき》、相馬、伊達、最上《もがみ》、由利《ゆり》、仙北《せんぼく》へも通じる道もつくっておるのです。だが、ほかの人たちはなにもいってはこないのに、堀直政ばかり、なにが怖いのか、讒言などしている。戦さのこともわからぬ無分別者は、相手にされるな。もしも、景勝が天下に対して逆心があるなら、国境を潰し、道をふさいで、防御の体制を整える。四方へ道をつくれば、大軍を迎えたときに、一方の防御すら危うくなりましょう。国外へ兵を出すにしても、せいぜい一方から繰り出す兵力しか持たないのに、四方八方へ道をつくって、どうなりますか。それこそ大馬鹿者のやること。橋と道づくりについては、白河口《しらかわぐち》と奥州筋をご検分なさったようですが、なおもご不審なら、どんどん使者をよこして、よくよく国境をご覧くだされ。

一、貴僧とそれがしは、親友のあいだがら、あとで嘘とわかるようなことはいいたくないもの。朝鮮が降参しなければ、来年か再来年には出兵されるのですと。嘘でござろう。本当でござるか。いやはや、笑ってしまいますぞ。

一、さて、景勝にとって今年の三月は謙信追善にあたるので、それを済ましてから、夏のうちには上洛して、ご機嫌をうかがおうと思い、国の取締まりのため兵や武備を用意しておったのです。それが、増田殿や大谷殿から、逆心の噂がいつわりなら上洛せよとのこと。長年のつきあいもあるのに、讒言した者の糾明もなく、いつわりなら上洛せよとは、ほとんど赤ん坊にいうような文句。そもそも、昨日まで逆心を持っていた者が、あてがはずれれば素知らぬ顔で、上洛したり、新しく知行をもらったりする。恥を知らない世渡りこそ、当世風というものですが、景勝にはこれができない。逆心もないのに、あるがごとくいいふらされたいま、のこのこと上洛などしたら、当家の律儀の評判も、弓矢の名誉も地に落ちるというもの。讒言した者を引き合わせて、糾明してからでなければ、上洛はいたしませぬ。これは景勝が道理をいっているか、無理をいっているか、貴僧にもおわかりいただけるはず。また、家中の藤田信吉が、当家を見捨てて上洛したようですが、あの男に聞けばよくおわかりでしょう。景勝がまちがっているのか、それとも内府さまの腹が真っ黒なのか、いちばんわかっているのは世間の人たちかも知れませぬな。

一、千言万句はいりませぬ。景勝に逆心などまったくない。それを上洛できぬように、そちらが仕掛けてこられた。このうえは、内府さまのご分別次第。たとえ、このまま国にあっても、謀叛などはいたしませぬ。太閤さまの遺言に背いて、起請文を反故《ほご》にしたり、ご幼少の秀頼さまを見捨て、内府さまに不首尾をつかまつったあげくに、景勝が兵を起こして天下の主になったとて、悪人の名はまぬがれず、末代までの恥辱となるでしょうぞ。なにゆえ景勝が、謀叛など起こすものか。ご心配くださるな。われらは恥を知っております。ただし、内府さまが讒言を信じて、道理にはずれたことをなさるなら、誓紙も約束もこちらから反故にいたす。

一、貴僧が景勝に逆心ありと思し召したように、わが隣国でも会津挙兵だなどとふれまわり、城に兵を入れたり、兵糧をたくわえたり、国境の者から人質まで取っているようですが、無分別者のすることと相手にはいたしませぬ。

一、じつをいえば、内府さまには使者をもって申し上げようと思ったが、隣国からは讒言者は出るわ、藤田のような男が逃げ出して悪口はいうわで、こんなとき使者を出しても、景勝は腹黒の第一人者と思われるだけと、差し控えることにしました。貴僧とは長いつきあいですので、内府さまにはよろしくとりなしてください。

一、遠国で考えておることですが、ありのままに申し述べました。当世風の思わせぶりないいかたでは、真実も嘘に聞こえるでしょうから、天下の道理もご存じの貴僧には、無礼ながらいろいろ申し上げた次第です。　恐惶敬白」

長い手紙になった。

直江兼続は、承兌の書状に、ひとつひとつ反論を述べた。

だが、反論の論旨はひとつである。

こちらに謀叛のつもりはない、ただし謀叛だと取られるなら仕方がない、という強固な態度だった。

この論旨は、景勝の意向をすべて汲《く》み取ったものになっているはずだった。

景勝には実際、謀叛の気持ちはないのである。家康にも秀頼にも取って代わろうとする意志がないのだから、謀叛になりうるはずがない。

家康の命に異論を唱えてはいるが、こちらから家康に対してはなにも仕掛けるつもりはないのだ。

だから、この書状は決して黒を白といいくるめるような嘘で塗り固めたものではない。景勝の気持ちとしては、すべて正直な気持ちになっているはずだった。

だが、同じ気持ちを書いても、その文体によって、読む側の気持ちはまったくちがってくる。兼続はこの書状に、あざけりとからかいをたっぷりと含ませた。内府を愚弄し、挑発してやった。

それは、直江兼続の演出だった。

景勝の無骨な態度は、それ自体、筋の通ったものである。景勝という男であるな

ら、当然、そのような態度を取ると予想する者も多かっただろう。それに対しては、

「あの男は、ああした男ですから」

と弁解する者も出るにちがいない。

だが、直江兼続は理解者すら阻《はば》みたかった。景勝のいかにも武人らしい剛毅さに、不逞の印象をつけ加えたかった。

そのための文体だった。

(この書状、殿の思惑とはちがうものだろう……)

兼続ははっきりと自覚していた。

だが、それがもたらすことに対して責任を取る決意であったし、こうしたいわば意訳が、結局は景勝の真意につながるのだという自信もあった。

ざっと読み直し、さらに兼続はこれに追伸を付け加えることにした。

「急ぎますので、要点をいいましょう。なんやかやとございましょうが、内府さまか、秀忠さまが、こちらに攻めかかってこられるのでしょうから、すべてはそのときに決着をつけることにいたしましょう」

これで兼続は筆を擱《お》いた。

家康の怒りの顔が見えるようだった。

兼続は書状を丸めると箱におさめ、景勝には見せることなく、伊奈昭綱に手渡したのであった……。

五

上杉景勝の返答と、直江兼続の書状を携《たずさ》えて、伊奈昭綱たちが大坂城西の丸の徳川家康のもとにもどったのは、五月三日のことであった。

伊奈昭綱はまず、口頭で得た上杉景勝の返答を家康に伝えた。

いかにも景勝らしい返答だった。家康はあえて、目一杯の怒りの形相をしてみせた。

「あの男は田舎者ゆえ、そうした無礼な返答しかできぬのでございましょう」

そう取りなしたのは、本多正信だった。

あうんの呼吸というやつである。

主が怒りの表情を見せれば、それをすばやく取りなす。そうすることで、主の面目も立ち、先走った行動に出なくてもすむ。

次に、伊奈昭綱は、直江兼続の返書を差し出した。箱におさめられたその返書は、伊奈昭綱も内容を知らない。

家康は勿体《もったい》をつけた顔つきで読み出した。読み終えたあとに、

「あの直江ですら、わしとことを構えるのは不安らしいぞ。文面にもそれがにじみでておるわ……」

とでもいうつもりだった。それで、一同は家康の威光をあらためて褒《ほ》めそやすはずであった。

ところが――。

読み進むうちに、家康は身体の震えを禁じることができなくなった。

一度、ざっと読み、それからもう一度、書いてあることが嘘ではないのかと確かめるように読み、かたわらの本多正信に投げ出すようにその書状を渡した。

本多正信もそれを読み、家康と顔を見合わせた。

同席した者はいずれも、固唾《かたず》を飲んで、家康の言葉を待っている。

出てきた言葉は、家康らしい傲岸《ごうがん》さも滑稽《こっけい》味もなかった。ただ、ひたすら、驚きと屈辱とがあふれていた。

家康はこういったのである。

「わしは、六十を越すこの歳まで、これほど無礼な書状をもらったのは初めてじゃ

……」

このような書状をもらっておいて、それでも出陣をためらうようであれば、これまで築き上げてきた威光はたちどころに地に落ちるだろう。会津の武士はおろか、家中の者にも、それから満天下の武将たちにも、

「内府は口ほどにもない腰抜け」

と嘲笑されることだろう。

家康はついにその言葉をいった。ただし、あまり威勢の上がらない声で。

「会津征伐っ！……しかあるまいのう……」

内大臣徳川家康が宣言した以上、ことは動き出した。

六月六日、大坂城に諸将が集められ、会津進軍の担当部署が決定した。集まったのは、家康と秀頼の側近のほか、伊達政宗、最上義光、黒田長政、細川忠興、池田輝政、浅野幸長、堀直政、大谷刑部、山内一豊《やまのうちかずとよ》といった面々である。

担当部署はこうである。

白河口　徳川家康、秀忠

仙道口　佐竹義宣
信夫《しのぶ》口　伊達政宗
米沢口　最上義光
津川《つがわ》口　前田利長、堀秀治

絵図面を広げて見ると、まるで上杉は袋の鼠といった状況である。どう転んでも、勝利はまちがいない。それでも家康は、今度の出陣にはなにかとてつもない粗漏《そろう》があるような気がして、何度も目をしばたたいた。

確かに、上杉景勝は、前田利長などとちがって骨のある男である。矜持《きようじ》が貶《おとし》められようとしたら、敗北を覚悟で歯向かってくるところがある。

（だが、本当にそれだけだろうか……）

上杉にはあの直江兼続がいる。直江ほどの知将が、まったく勝算もなしに、このわしに歯向かうなどということがありうるのだろうか。なにか、とんでもない罠《わな》が仕掛けられているのではないか。

そう思って、会津の絵図に書き込みまで行なったそれら武将の名と、実際に目の前にある顔を交互に眺めるうち、どいつもこいつも去就が疑わしくなってくるのだった。

佐竹義宣――。

この男は、大坂にいるときからきわめて上杉景勝と親しかった。しかも、本多正信が仕入れた話では、佐竹の重臣だった車丹波という男が、いまは上杉の部将として会津にいるというではないか。これこそ、上杉と佐竹のつなぎ役ではあるまいか。

伊達政宗――。

こやつは、あの太閤にさえ歯向かおうとした不逞の男である。隙《すき》あらばいつだってこの徳川にも兵を向けてくるにちがいない。

最上義光――。

この男にしても、分限こそ伊達より小さいが、心根はまったく同様と見ていいだろう。

そして腰砕けの前田利長――。

この男にしても喜んで徳川家にしたがっているはずがないのである。もしも徳川が負けた日には、この男ほど溜飲《りゅういん》を下げる思いを味わう者もいないだろう。

堀秀治――。

こやつにいたっては、まったくあてにならない。旧上杉家臣の地侍たちの一揆を食い止めるくらいが関の山で、会津に兵を繰り出してくることなど、とても期待できそうにない。

しかも、堀秀治は大坂城西の丸において、家康が会津征伐を宣言したときも、余計なことをいって、家康を不興にさせたのである。

若松城に攻め入るには、背炙峠《せあぶりとうげ》というところを越えなければならない。ここは、兵を伏せるにもよし、奇襲をかけるにもよしという、まさに天然の要害だった。

この峠の存在を、堀秀治が持ち出した。

「上様はご存じないでしょうが、会津に入るためには、途中、背炙峠という難所を通らなければなりませぬ。ここは、あまりに急な坂であるため、背中を陽に炙られるようにしないと登れないというので、この名前がつけられたほどであります。会津攻めにはこうした難所がほかにもあるということをあらかじめお含みおきいただき、用心に用心を重ねて兵を進められますよう」

いまから兵を出そうというときに、背中が炙られるもなにもないだろう。まずは勢いづかなければならない。

だいたいが、上杉が不穏だから、討て討てといってきたのは、この堀秀治ではないか。

「では、そちはわが軍が負けるとでもいうのか！」

家康は色をなして難詰した。このような馬鹿に乗せられて、自分は渋々兵を挙げたのかという怒りも加わっていた。

「そ、そんな、滅相《めっそう》もない……」

堀秀治は発言を悔い、顔を伏せたものである。

こうした連中を率いて、上杉を攻めなければならないのである。

（もしもわしがしくじれば、伊達も最上も上杉と結ぶことだってありうる。そうすれば、北はまったく手の届かぬところになってしまうだろう）

家康は不安を覚えつつも、六月十五日には、豊臣秀頼に挨拶し、黄金一万両と米二万石を受領した。この会津征伐には、豊臣政権を守るためという大義名分があったからである。

秀頼のそばでは、淀の方がときおり横目づかいで家康を眺めた。まるで大工の手抜き仕事を監視するかのような嫌な目つきだった。

家康が淀の方などに頭を下げるいわれはまったくない。秀頼がそばにいるから、自然と淀の方にも頭を下げるかたちになるだけで、淀の方は大名でもなければ、官位もない、ただの太閤の元愛人にすぎないのである。

（太閤もよりによって、嫌な女を可愛がったりしたものよ……）

家康は内心で毒づくことがつねであった。

秀頼に挨拶したその翌日には、家康は大坂城を出て、伏見城に入った。ここで、留守中にもしものことがあった際の対応を命じたあと、伏見城を出発し、会津征伐に向かったのである。

伏見城では、三河武士の忠誠心と家康の部下思いを示す逸話を残し、名場面のひとつとして後世に伝えられた。すなわち、伏見城には老将・鳥居元忠《とりいもとただ》を守勢として残したのだが、元忠は、

「どうせなにかあれば、この身は死すべきもの。ここに残す兵はできるだけ少なく、一兵でも多く会津に引き連れていかれますよう」

そう申し出たというのである。

家康はこの申し出に感きわまり、恥も外聞もなく、泣きじゃくったという。

無論、忠誠心の美しさを喧伝《けんでん》するための、権力者には都合のいい逸話であり、捏造《ねつぞう》の可能性すら高い。家康はこのとき、まさか伏見城が落とされるようなことはありえまいと高をくっていた。

家康が大坂に置いていたおよそ一万の兵とともに江戸城に到着したのは、七月二日

のことである。ここで関東の兵を合流させた。

七日には、ともに東上してきた諸将を江戸城に集め、会津出陣の日を七月二十一日と定めた。ずいぶんとゆっくりした行軍である。

「わしが命令を下すまでは、絶対に攻め入ってはならぬ」

家康は、くどいほどに念押しをした。

七月八日には先鋒《せんぽう》として榊原康政が江戸城を出た。つづいて、徳川秀忠が率いる三万七千の大軍も会津に向けて進軍した。

家康が江戸城を出たのは、約束どおりの二十一日のことであった。率いる軍は三万二千人。だが、諸将たちはなんとなく、今度の戦さはかなり長期間にわたるだろうと思いはじめていた。

じつは、家康には気になることがあった。出陣の二日前、五奉行のひとりである増田長盛から、密書が届いたのである。密書には次のようなことが記されていた。

「このたび、垂井《たるい》の宿において、大谷刑部と石田三成が互いによからぬ相談をしておるとの噂が出回っております。くわしいことがわかり次第、追って報告いたしましょう」

石田三成に不穏な気配があることはもちろんわかっていた。なにか企てるならば、自分が大坂を留守にするあいだであろうとも思っていた。

だが、所詮、奉行の座さえ退いた佐和山十九万石の大名ふぜいに、たいしたことができるわけはない。大谷刑部にしてもそうである。五奉行に準ずる能吏として評価は高かったが、その所領は敦賀《つるが》に五万石。とても勝負にはならない。あとは、ふたりがどれだけの味方をつけられるかである。

会津征伐の話が持ち上がる前までは、家康は三成が敵を増やしてくれることを期待していた。どうせたいした勢力にはなりえないのだから、まとめてくれたほうが討つのにも手っ取り早い。だからこそ、窮鳥《きゅうちょう》となった三成の命を助け、佐和山に隠遁《いんとん》させたのである。

ところが、いざ京・大坂を遠く離れてみると、なにやら嫌な予感ばかりが黒雲のごとく湧き上がってくる。

家康はこのところ、謀臣の本多正信を見る目が険しくなっていることに気づいた。

「正信。この手順でまちがいはなかろうな」

そう問い質《ただ》したいのである。

このしたたかな老人は、

「まちがいありませぬ」

と、やけに自信がありげに抜かすことだろう。しくじったなら、主といっしょに死ぬだけのこと――そんなふうに腹をくくっているにちがいないのである。

家康は、腹などくくって欲しくなかった。

むしろ、慌てふためいて、会津征伐の中止を声高に訴えて欲しかった。

ところが本多正信はしれっとした顔を崩すことなく、それでもときおり、なんだか予想もできない方向にことが進展しているといった微妙な顔つきをするのだった。

家康にはそれがたまらなく不安だった……。

第五章　遙かなる関ケ原

一

上杉景勝は家康がまだ大坂城にいる六月十日、麾下《きか》の諸将に宛てて、このたびの戦さについて去就を問う書状を送っていた。

「家康のいいがかりはどうしようもなく、受けて立つことを決意した。これを理不尽な滅亡をまねくものと思う者は、遠慮なく申し出よ。暇をとらせる」

といった内容だった。

この書状を読み、脱落する者は一人も現われなかった。直江兼続が期待した以上の、見事な統制ぶりだ。

それから数日ほどして、景勝と兼続、さらに本庄繁長《ほんじようしげなが》や安田能元《やすだよしもと》、岩井信能《いわいのぶよし》といった主だった武将たちは、連れ立って会津若松城を出た。家康軍をどう迎え撃つか、その戦術を決めるためである。

若松城を出てしばらく行くと、曲がりくねった山道に入る。これが、堀秀治が家康に進言して怒りを買った背炙峠である。

会津に攻め込む者たちは、最後にこの急峻を踏破しなければならない。兵を伏せるにもよし、奇襲をかけるにもよしという、まさに天然の要害だ。

景勝一行がその背炙峠の頂上に出ると、夏の陽射しが噎《む》せるほどである。眼下には猪苗代《いなわしろ》湖も見える。

「兼続……」

と、景勝は馬上でいった。

「やつらをここまで踏み込ませることはせぬ」

「御意《ぎょい》」

兼続はうなずいた。

神指城の工事は、ほぼ外観がととのったところで中断した。未完の巨城は結局、家康を呼び寄せるための餌《えさ》としての役割を果たしたにすぎなかった。

直江兼続が推し量《お》《はか》るに、景勝に籠城の意志はまったくない。野戦で迎え撃ち、敗れればそこに屍《しかばね》をさらす覚悟だ。
七、八頭の馬群は、息つく間もなく、背炙峠を駆け下りた。曲がりくねってはいるが馬が駆けられないほどではない。

いくつかの小さな部落を過ぎると、ふたたび峠道にかかった。勢至堂《せいしどう》峠である。幾《いく》重《え》にも曲がりくねったこの峠も、敵の進軍の前に大きく立ちはだかることだろう。

峠の中腹に出る湧水で喉をうるおしながら、景勝はふたたびいった。

「兼続、ここにも踏み込ませぬ」

「はっ」

景勝の決意が伝わってくる。

会津の地には敵の一兵たりとも入れぬ覚悟なのだ。

勢至堂峠をくだりきると、長沼《ながぬま》の地に出る。ここは、島津忠直が守る長沼城がある。

長沼城は、牛が臥《ふ》せたような形をした小高い山の上につくられた要害である。それほど大きな城ではないが、落とすのは容易なことではないだろう。

しかし、景勝はここも一顧《いっこ》だにしなかった。

一団は陽盛りの道を、土埃《つちぼこり》を巻き上げながら、白河《しらかわ》まで走った。

会津の入口である白河には、芋川正親《いもかわまさちか》が守る白河城がある。景勝らは街道を見下ろす小高い山の上にあるこの城へ入り、四方を見回し、軍議を練った。

「このあたりの山に兵を伏せますか」

と、白河城主の芋川正親がいった。

家康軍の主力がこの白河口をめざして押し寄せてくるのはまちがいない。もしも、会津に一兵たりとも踏み込ませないつもりなら、この付近が決戦の場になるだろう。

「そういうことになるであろうな」

直江兼続がうなずいた。

「だが、下手に兵を散らしても、ひとつずつ撃破されることになるぞ」

と、本庄繁長がいった。歴戦の強者《つわもの》である。

「散らしませぬ。ただ一ヵ所において迎え撃つことになりましょう」

兼続がいうと、景勝が深くうなずいた。

「明日、白河口一帯を見てまわる。そこで決戦の場を決めるぞ」

景勝の言葉は強い決意に満ちていた。

翌日は横なぐりの激しい雨だった。

その雨の中を、景勝たちは馬を走らせた。

白河の南に革籠原《かわごはら》と呼ばれる草原がある。水はけが悪く、雨が降れば人馬の進入をはばむぬかるみとなる。いまも、激しい雨のために、見る見るうちに馬の足が取られるようになっていく。

「ここに、川の水を引けるか？」

と直江兼続は大声で白河城主の芋川正親に訊ねた。

「はっ。さほど大きな川ではありませぬが、せき止めておけば、そのようなこともできましょう」

そのやりとりを聞いた景勝も、雨の中で叫ぶようにいった。

「この革籠原だ。ここで家康と雌雄を決しようぞ」

「御意」

「兼続。して、手順は？」

景勝も顔中を雨でなぶられながら、兼続に訊いた。

「まず、本庄繁長には、南山口から一万の兵を率いて、下野《しもつけ》から高原《たかはら》に向かってもらいましょう。そこで、家康の軍をやり過ごし、側面から突くようにします」

「なるほど」

「もう一軍はあの山に伏せさせます」

兼続が指さしたのは、関山《せきさん》という標高六百メートルほどの小高い山だった。いまは雨のために煙っているが、紡錘《ぼうすい》型の稜線がかすかに見えた。

「あの山に芋川正親以下一万の軍を伏せ、わたしは八千の兵を率い、芦野《あしの》あたりまで打って出ます。そこで、小戦さを繰り返しながら、徐々にこの革籠原まで退いてまいりましょう。そのときこそ、高原の兵と関山の兵、さらには後方にひかえた景勝さまの軍がいっきにこの革籠原を取り囲むのです」

兼続は包囲網を敷くつもりだった。家康の大軍を迎え撃つには、地の利をいかすこの策が最良の策であるはずだ。

「それでいい。だが、兼続、一点だけ異議を唱える。家康の軍を引きつけるのはわしがやる」

「なんと、殿、みずからが……」

「わしが出ていかなければ、家康は本気で深追いしては来まい」

「しかし、それはあまりにも……」

「危険はもとより承知だ。兼続、この戦さは、家康の首をとるか、わしの首をやるか、二つにひとつじゃ」

景勝は真っ黒な雨雲に向かって咆哮《ほうこう》した。

白河城にもどった景勝たちは、さらに軍議を煮詰めた。

軍議の中心は、兼続が担当してきた外交政策だった。

いくら家康との決戦とはいえ、すべての守備勢を外して、全軍をこの白河口に集結させるわけにはいかない。なにせ北には、梟雄伊達政宗や、狐とも呼ばれるほどしたたかな最上義光がひかえている。家康の動きに呼応して、上杉領に攻め込んでくることは充分、考えられる。

「伊達はしばらくなりゆきを見守るでしょうな」

兼続は楽観的な意見を述べた。

「あの、政宗が家康のいうがままに動くはずはございませぬ。上杉の領土に食指を動かしているのはもちろんですが、いま、この時期に全軍を動かすことはありますまい。わが方が負け戦さになったときは、そのときこそ尻馬に乗って、現われるのはいうまでもありませぬが」

政宗の性格を知悉《ちしつ》している部将たちは、いっせいに声をあげて笑った。

「最上はどうじゃ、兼続」

景勝が訊いた。

「これは政宗よりさらに腰が座っておりませぬ。いま、北奥羽の諸将が最上のもとに集結しつつありますが、これも様子見となりましょう。逆に、最上義光は上杉方に内応する気配も見受けられるほどです。したがって、政宗や最上の兵を食い止めるにはそれぞれ二、三千ほどの兵を置いておけば足りると思われます。むしろ、われらは家康との一戦に全力を傾けることこそ、伊達や最上に対する最大の防御となりうるでしょう」

兼続はゆっくりと、だが淀みなく、現在の状況を説明した。

「津川口のほうはどうなっておられる？」

と本庄繁長が訊いた。

「このたびの状況は逐一、越後に伝えてあります。すでに一揆が頻発しており、まもなく上杉の旧家臣たちが蜂起することでしょう。そうなれば、堀秀治などは会津攻めどころではなく、足元の乱れに地団駄《じだんだ》踏むばかりでございましょう」

本庄繁長はうなずいた。

「さすがに直江どのは手回しがよい。それに南山口から攻め込んでくることは考えにくいが、そこにも直江軍が待ち構えているというわけだな」

「いかにも」

兼続はうなずき、一座を見回してから、

「さらによき報せがございます」

といった。

諸将は耳をかたむける。

「常陸の佐竹さまは、かねてから景勝さまに信を抱いているお方。このたびもわれらにお味方してくださることは約束しておられるが、いよいよ水戸を出て、すでに白河の東、棚倉《たなくら》まで先陣を進められておる。しかも、佐竹どのが率いてくる兵の数は、七万」

「七万だと!」

これには諸将も狂喜した。

佐竹の軍だけで、ゆうに家康の軍に匹敵するのである。佐竹は集め得るかぎりの兵をすべて動員し、引き連れてきたのだった。

兼続はその喜びを抑えつけるように、

「とはいえ、くれぐれも油断なされるな。内府は歴戦の強者《つわもの》。もっとも苛烈な時代を生き抜いてきた武将だ。どのような策を弄《ろう》してくるかはわからぬぞ」

と睨みつけるがごとく、一座を見回した。

その夜更け——。

兼続は諸将との合議の席を避けて、景勝と向かい合った。酒も用意されたが、酔うほどに飲むつもりはない。ここ数日、心にあった提言をしてみるつもりだった。

「殿。このたびの、会津に一兵たりとも足を踏み入れさせぬというお覚悟、見事なものにございます」

「うむ」

と景勝は満足げにうなずいた。

「ただ、もうひとつ、別の考え方もあることに気がついたのですが」

「もうひとつ？」

「こちらから打って出るというお考えはございませぬか」

「打って出るとな」

景勝はそれは意外なという顔をした。

「彼らは長旅で疲労もしておりましょう。おそらく、宇都宮《うつのみや》あたりでいったん軍容をととのえようとするでしょうが、そこへこちらからいっきに攻めたてても、決して不利な戦さにはなりますまい。ましてや、佐竹さまの軍もわが方の味方をしていただけるのですから、挟み撃ちというかたちにもなりましょう」

兼続の一存ではない。車丹波とも打合わせをし、そのように決定したなら、必ずや佐竹軍を動かすという確約も得ていた。

「こちらから仕掛けるというのか」

「はっ」

「して、その大義はなんじゃ」

景勝は小さく笑って訊いた。

「大義ですか……」

と兼続も笑顔で応じた。

思いがけない問いであったため、冗談のように受け取ったのである。

「内府の専横がきわまったため、秀頼公にかわって征伐するとでも……」

「兼続。向こうはその秀頼の命を受けてきておるのだぞ」

景勝はにこりともせずいった。

ふざけているわけではないらしい。だが、いまさら大義を持ち出すことが、兼続には不可解だった。

(もしかしたら、殿とわしのあいだには、重大な距離が生じている……)

初めて兼続はそのことを意識した。

景勝は、家康の専横には毅然として立ち向かうつもりだ。天下を狙うとかいった野心ではなく、あくまでも家康のやり口に対する異議申し立てである。

だが、兼続はここまでの覚悟をした以上、もはや大義うんぬんではなく、天下を賭けた戦さになるはずと見ていた。当然、そのつもりで、兼続は家康を愚弄し、兵を挙げざるを得ないところまで追いつめたのだ。

（それは、殿からすればやりすぎであったのかも知れぬ）

兼続はふと、不安を覚えた。

もっとも肝心なところで、意志の統一が図られていないのである。

いずれにせよ決戦のときは近づいている。

景勝がいまの状況に大義を感じ、闘争心を掻き立てているならば、それを削《そ》ぐ必要もないだろう。戦さになれば、家康対景勝の天下盗りの戦さという構図は、否《いや》が応にも明らかになってしまうのである。

「わかりました」

　と兼続は引いた。

「この一戦、内府さまを迎え撃ち、上杉の武門の意地を天下に知らしめましょう」

兼続のこの答えに、景勝は満足げにうなずいた。

　直江兼続はいったん景勝とともに若松城へもどり、ここで全軍の動きを調整した。

そして、すべての準備が整った日の夜、兼続は若松郊外の華渓院の庵を訪れた。

もしかしたら永久の別れになるかも知れなかった。

「ご城下はたいそうな騒ぎのようですね」

腰を下ろした兼続に、華渓院は悪戯《いたずら》っぽい目でいった。

「いよいよ、家康との決戦のときが迫っております」

兼続は華渓院の顔をうかがった。いくら浮世離れした暮らしを送ってはいても、徳川家康がいま、どれほどの力を持ち、豊臣政権の次をうかがっていることくらいは聞き及んでいるはずである。その家康と戦うことが、武将としてどれほどの覚悟を要するかも想像がつくだろう。

「ほお、徳川さまとですか」

まるで時候の挨拶のような口調だった。

「そんなことより、よいお茶が手に入りましたので、ご馳走いたしましょう」

華渓院は、茶をたてはじめた。

兼続はその手元と横顔をうかがった。手元に動揺はまるでなかった。ただ、横顔の目元に、かすかな老いが感じられた。

華渓院と床を共にすることはほとんどなくなっている。かつてはあれほど激しく求め合ったものなのに。兼続は主人の妹である華渓院の乳房のかたちも、絶頂のときのすすり泣きの癖も、すべて知った。からだだけでなく、心もまた、ぴったりと寄り添っていると思えた。

（その華渓院がいま、ふたたび離れていきつつある……）

予感のようなものだった。

「どうしたのですか、そんなにわたくしを見つめて？」

「あ、いや……」

兼続は狼狽《ろうばい》し、手前に置かれた茶を飲んだ。

華渓院はそんな兼続を笑みをたたえた目で見て、

「お亡くなりになればいいのに」

といった。

「え……」

「兄も直江さまも……。そうすればわたくしも、この世ときれいさっぱり縁が切れますものを」

そのとき、庭から風が入ってきた。

秋を感じさせる涼しい風だった。

兼続はふと、このままわが生が終わればいいと思った。家康との対決は、自分の手にも天下を近づける戦いになるはずだ。景勝が天下人となれば、自分は天下の宰相《さいしょう》としての役割を果たすことになるだろう。口にはしにくいことだが、兼続は心の底でそれを強く意識している自分に気がついていた。

天下盗りの夢——。薪炭の手配をする小役人の伜《せがれ》だった自分は、なんと遠くまで来てしまったのだろう。その距離は途方もなく遠いものに思えた。そして、その後の自分というものがまったく想像もできなかった。

だから、途方もない夢を前にしたいま、ここでわが生が終わってしまったほうがいい。それは突然、思い浮かんだ詩心のように、兼続の胸に身悶《みもだ》えしたくなるような感傷をもたらした。

華渓院は静かな風になぶられながら、穏やかな顔で兼続を見つめつづけていた。

二

徳川家康は、七月二十四日に下野小山《おやま》に到着した。ここから会津の白河口までは二日もあれば辿《たど》り着けるほどの距離である。

伜・秀忠は、すでに宇都宮に入っている。前線はさらにその先の黒羽《くろばね》、伊王野《いおうの》、芦《あし》野《の》といったあたりまで延びてきている。いつ、戦闘が開始されてもおかしくないほどになっていたのである。

そのころ、直江兼続は高原に布陣していた。景勝が家康軍の正面に立ち向かうなら、兼続は背後を突くという危険な役を買って出た。機を誤れば、真っ先に討ち死にするだろう。

（あと五日、早ければ三日で家康との戦闘が開始される）

兼続はそう予測していた。

だが、その夜、上方からの驚くべき報せがあいついで届いたのである。

「えっ、石田が挙兵したのか！」

密約はあった。

だから、石田三成の挙兵は驚くべきことではない。

兼続はもはや、三成の挙兵を当てにしてはいなかった。家康がすでに、会津へあと一歩のところまで来てしまった以上、家康と雌雄を決するのは上杉であり、当面は三成の挙兵はその戦さに大きな影響を与えることはないはずだった。

もしも、戦さが長引けば、西から押し寄せる三成の軍が大きな加勢となってくれるだろう。だが、そうしたことにはならないという気が兼続にはしていた。

すでに籠城策は眼中にないのである。

勝つにせよ負けるにせよ、野戦で決着がつくはずだ。上杉が形勢不利となれば、伊達や最上も機をうかがい、いっきに会津になだれ込んでくるだろう。

そのときは、景勝も兼続もすでにこの世の者ではない。

ところが、三成が挙げた兵が驚くほどの大軍になっていた。三成は毛利を動かすのにも成功したのだ。

毛利に宇喜多が加わり、しかも西国の反家康勢力を結集したのである。家康と互角どころか、それを上回る軍勢となるだろう。

これで秀頼でもかつぎ出せれば、勝敗の帰趨《きすう》は戦わなくとも明らかになっていくはずだが、三成はそれはやらないだろうと兼続は思っていた。秀頼をかつぎ出せば、やはり豊臣家の威光のせいになってしまう。しかも、福島正則や加藤清正といった反三成派まで、生き残り、後々まで憂《うれ》いを残すことにもなりかねない。三成はどうしても、自分を中心とした勢力で家康を叩くことを望んでいるはずだ。

(それにしても、よくぞそれだけの勢力を結集させたものよ)

兼続ははるか遠くで奮闘しているはずの長年の友人を、あらためて見直す気持ちになった。天下を差配する実力こそ誰よりも認めているが、天下を制するまでの手腕についてはやや危ぶむところもあったからである。

ただし、今後の三成の戦さをまったく心配なしと見ているわけではなかった。

石田三成は、戦さの指揮官としてはほとんど経験も実績もない。兼続は小田原攻めにおける武州忍《ぶおし》城の攻略のとき、秀吉の水攻めを模倣しただけの安易な策で、手痛い失敗をしたことも目の当たりにしていた。

したがって、いざ合戦となれば、ほかの誰かが全軍をまとめなければならない。いったいそれを誰がやるのか。格式や動員兵力からいえば、毛利か宇喜多であるはずだが、兼続にはそのいずれもが力量不足に思えた。

（やはり家康は、この上杉が叩かなければなるまい……）

高原にある兼続の陣には、見張りの兵員がたえず徳川軍の動きを報告してきている。家康は多少、のろのろした動きではあるが、着々とこちらに近づきつつある。

（おそらく、十中八、九まで勝てる）

三成の挙兵を知ったいま、直江兼続の自信はますます深まっていた。

家康の軍は、決して強くはないのである。家康が最後に戦ったのは、天正十二年（一五八四）の小牧《こまき》・長久手《ながくて》の戦いだ。それからすでに十六年。上杉が厳しい城攻めを担当した北条攻めでも、ろくな戦さはしていないし、朝鮮の戦場にも出ていない。家康の強さを天下に知らしめた姉川《あねがわ》の合戦や、長篠《ながしの》の合戦から数えたら、二十五年ほども経っているのである。当時の兵はすでに老いてしまっていた。

さらに、今度の上杉軍の戦術は、かつて家康が小牧・長久手の戦いで取った戦術にほかならなかった。

天正十二年、すでに柴田勝家を滅ぼして信長の後継者の地位を固めつつあった羽柴《はしば》秀吉に、徳川家康は信長の次男・信雄《のぶかつ》と同盟を結んで対抗した。こうして起きたのが小牧・長久手の戦いである。

軍勢の数は圧倒的に秀吉側が有利だった。家康は、かつて信長がここに本拠地を置いた小牧山城に籠り、秀吉の大軍と向かい合った。

秀吉も家康の野戦のうまさを警戒し、うかつに攻めかけるようなことはせず、両軍は膠着《こうちゃく》状態となった。このとき、信長の近習でもあった池田恒興《いけだつねおき》が、家康の留守を突いて、本国の三河に攻め込む案を提言した。

秀吉はさほど乗り気ではなかったが、池田恒興の熱意に負け、兵二万を預けて、三河突撃を試みさせた。

ところが、これを察知した家康は兵一万を率いて密かに小牧山城を出ると、背後から池田恒興の軍に奇襲をかけたのである。これによって数では上回る池田軍はほとんど壊滅状態に陥り、池田恒興も討ち死にしたのである。

さらに敗報を聞いた秀吉は、八万という大軍を率いて救援に駆けつけようとしたが、突如、小牧山城からわずか五百人で突撃してきた本多忠勝の兵に手間取って、救援にすら間に合わなくなってしまう。こうして家康は、ふたたび小牧山城に引き返し、またもや秀吉軍と向き合ったのである。

すなわち、家康が取った行動を、今度は直江兼続がやってやろうというのである。

（人はおのれのもっとも得意とするところに落ちる）

家康は、大軍を前にした上杉は籠城策に出る、と見ているにちがいない。神指城の築城も、その予想をさらに強くしたはずだ。

だが、上杉は野戦で立ちふさがるのである。おそらく家康は狂喜することだろう。そのとき、家康はまちがいなく上杉の罠《わな》に嵌《は》まるはずだ。

家康の動きが止まった。

（なぜ、動かぬのだ……）

家康や豊臣子飼いの武将たちの兵は宇都宮に、徳川秀忠の軍は小山に留まったまま、動かなくなってしまった。

兼続は物見の兵を次々に放った。

家康ほど多くはないが、謙信の時代からつながりのある草の者たちにも、家康らの動向を探らせた。

どうやら、小山において軍議を催《もよお》しているらしかった。三成が挙げた兵に対して、どう出るかを検討しているのだという。

(なにをいまさら……)

兼続には笑止千万なことに思えた。

ここまで来て軍を引き返すなど、ありえないことだ。戦さの準備がととのった兵を前に背を向けることは、敗走と変わりないのである。

しかも、万が一、わが軍の追撃から逃げのびて、江戸にもどったとする。それから、西に向かおうとしても、今度は豊臣子飼いの武将たちが動きにくかろう。いくら功名心も領土欲も人並みはずれた連中といえども、大坂城の秀頼に対して攻め上がるほどの覚悟を持つ者は、そう多くはないはずだった。

とすると——、家康は江戸で孤立しかねないのである。それでは天下盗りなどますます遠ざかるだけではないか……。

兼続には家康の狙いがまったくわからなくなっていた。

三

（わしは本当に上杉と戦うのか……）

徳川家康は、下野小山に到着したあとも、まだ決戦をためらっていた。

常陸の佐竹の動きがきな臭いという報せも入ってきている。越後でも、旧上杉家臣の土豪たちが反乱を起こしているとのことだった。伊達や最上の戦意もあまり当てにはならない……。

（結局、上杉と徳川との一騎討ちのようなものではないか……）

家康は悠々たる威風を装いながら、内心では臆病風に吹かれまくっていた。

あの、逃げる途中で鞍の上で糞まで洩らしてしまった武田信玄との三方ヶ原の合戦のことまで思い出されてならなかった。

伏見城を守っている鳥居元忠からの早馬が到着したのは、その夕方のことだった。

その中身はおおむね見当がついた。西で石田三成が兵を挙げたのであろう。そのほうがずっとましだ。あの三成が相手なら、なんの不安もなく戦えるのである。大火事のさなかに池に落ちたような不思議な安らぎの気持ちだった。

ところが——。

家康は書状を開封し、中の文面を読むやいなや、真っ青になり、ほとんど気を失いそうになった。そこには、想像をはるかに超えた敵軍が出現していたのである。

（三成めが、よくもここまで……）

直江兼続が感心したように、徳川家康もまた、三成が西軍を巨大な勢力にまで結集させた手腕に驚愕した。あの、どこかに甘えを残したような童顔の四十男が、毛利や宇喜多を動かし得るとは思ってもみなかった。

（黒田や福島らをこんなところまで連れてきたのはまちがいであったか）

もしも、反三成感情の強い黒田や福島らが京・大坂に残っていれば、三成も好き勝手に謀略をめぐらすことはできないはずだった。だが、黒田や福島らが京や大坂に残っていたら、奴らまでも敵陣に取り込まれてしまったかも知れない。

（どう転んでも、わしは孤立する宿命にあったのだ）

あるいは、この筋書きを書いたのは上杉の直江兼続ではないのか、とさえ家康は訝《いぶか》った。日本国中を合戦の場とするようなこれほど巨大な絵図面が、三成のような官僚に描けるはずがない。

家康は、直江兼続の端整で落ちつきはらった顔を思い浮かべた。すると、疑いはいっそう濃厚になった。

「だから様子のいい男は信用してはならぬのだ」

それが昔からあった教訓でもあるかのように、家康はつぶやいた。

会津征伐の絵図面を見ながら覚えた不安は、このことだったのだ。

罠であった。

わしは罠にはまったのか……。

震撼したのは家康ばかりではない。全軍の兵ことごとくが絶望し、雑兵などにいたっては見るも無惨なほど気落ちして、

「われらが主人はどちらにつくつもりなのか。どうか、大坂方へついて欲しいものだ」

と囁き合ったほどだ。

そうした気配は家康もひしひしと感じている。

もはや、家康一人で決断できる事態ではなかった。

最初に家康は謀臣の本多正信と井伊直政《いいなおまさ》を呼び、今後の方策について相談した。だが、二人の意見は真っ二つに分かれる始末だった。

本多正信などは、三成が窮鳥《きゅうちょう》となって手中にあったときは、もっと育ててから食

えといわんばかりに見逃すことを勧めたくせに、今度はやけに弱気になって、

「客将たちの妻子が大坂にあるというのでは、とても合戦に身が入るわけはございますまい。この際、客将たちをまず領地にもどし、われら譜代の将で箱根の嶮《けん》を守り、江戸城に籠るのがよろしいでしょう」

と家康を不安にさせた。

一方、もうひとりの謀臣である井伊直政のほうはやたらと強気になり、

「これぞ千載一遇《せんざいいちぐう》の機。上様が天下を手中にできるか否《いな》かの瀬戸際でありますれば、いっきに兵を返して、三成らを撃つべきでしょう」

と唾《つば》を飛ばした。

かまわずにまず、上杉を攻めるべきとする意見が出なかったことだけは幸いだったが、このように見解が分かれては決断のしようもなかった。

そこで家康は、大急ぎで秀忠をはじめ全軍の諸将を招集し、会議を催した。のちに小山評定《ひょうじょう》として知られるものである。

この評定で決しなければならないのは二点だった。ひとつは、ここまで行動をともにしてきた福島正則や黒田長政ら、いわゆる豊臣子飼いの武将たちの帰趨《きすう》。そして、もうひとつは今後の軍の動向である。

家康が恐れたのは、むしろ前者だった。会津討伐は、秀頼のためという大義名分を抱えてやってきた。だが、いまでは逆に秀頼は敵軍の掌中《しょうちゅう》の珠《たま》となってしまっている。下手をすれば、秀頼に歯向かうことになりかねないのである。家康の大義名分は正体を明らかにされ、その立場は見事に逆転されてしまった。

この豊臣子飼いの武将たちの帰趨を大きく左右するのは、福島正則の存在だ。故太閤ともっとも縁が深く、豊臣家への恩義ということではこの男に勝る者はいない。しかも、福島正則には荒武者なりの迫力と影響力がある。正則が、

「家康どのにお味方するのはこれまで」

といえば、豊臣子飼いの武将たちは、われもわれもと家康に背を向けかねないのである。政治というものにもっとも無縁な荒武者が、このときばかりは家康の政治の鍵をにぎった。

このとき福島正則を説き伏せたのが、太閤の軍師として知られる黒田官兵衛の長男・長政だった。長政は、豊臣子飼いの武将の中では、早々と豊臣家の存続を見限っている。このため、父親ほど雄大な構想こそ持たなかったが、父譲りの巧みな説得で、福島正則を家康方に引き込んだ。

長政の論理はこうである。

「秀頼さまに歯向かうのではなく、秀頼さまを騙《だま》そうとする奸臣《かんしん》を討つのだ」

家康の野心は隠して、三成嫌いを煽《あお》りたてたのである。福島正則はあわれにもこれに乗った。そして、評定の席では真っ先に発言を求め、

「このたびのことは、すべて石田治部少めの計略であることはまちがいない。正則はこのような時に臨み、大坂に残してきた妻子に心をひかれて、武士の道を踏みちがえることはいたしませぬ。内府さまが秀頼公に対して異心がないかぎり、われらは内府さまのため、身命を捨てて、お味方いたします」

といった。

重ねて、黒田長政が、

「まったく福島正則どのの申されるとおり。われらもいまさら石田治部少めに味方するつもりはござらぬ。われらが存亡は、ご当家とともにいたしましょう」

と続けた。まるで掛け合いのような見事な間合いだった。

これで会議の流れは決まった。石田三成への憎しみを前面に出して、豊臣家への反逆という後ろめたさを糊塗《こと》してしまったのである。あとは、われもわれもと家康へ味方する者があいついだのだった。

つづいて、会議はもうひとつの懸案事項の検討に移った。今後の軍の動向である。

これは、このまま会津を攻めるか、江戸城を中心に籠城策を取るか、それとも西に取って返して、石田らと決戦を挑むか、この三者の選択だった。

ここでも諸将の意見は一致した。

「敵は上杉よりも、石田三成だ。ただちに軍を返して上方へ向かうべき」

この決定は諸将に安堵の気持ちをもたらした。上杉よりも、石田らと戦うほうがはるかに楽な戦さに思えたし、気の重さもなかった。諸将はみな、口にこそ出さなかったが、今度の会津攻めはいいがかりに近いものがあると思っていたし、なによりも上杉景勝と直江兼続の主従に対しては好感こそあれ、敵愾心《てきがいしん》のようなものはまるで持っていなかったからである。上杉家というのは、直接、領地を接する大名は別として、奇妙に高い人気を持っていた。

家康もまた同様だったことを示す逸話が残っている。

家康は小山に来る途中、竹林に囲まれた道を通過したが、そのとき、近臣の者に、

「采配《さいはい》を忘れてしまった。この竹林から采配になりそうな竹を切ってまいれ」

と命じた。

切り取ってきた竹に家康は、貼り紙を結びつけ、

「なあに、会津征伐など、この采配で充分ぞ」

そう豪語した。そうでもいわなければ、この軍に跋扈《ばっこ》している奇妙な厭戦《えんせん》気分を払拭できそうになかったのである。

しかし、小山から軍を返す途中、同じ竹林を通ると、今度はその竹の采配をひょいと放り投げ、

「上方の敵など采配とて無用じゃ」

そういったという。

家康軍は、小山評定から五日後の七月二十九日から、退却を開始した。

いつ、背後に上杉の声を聞くか、家康は気が気でない。

戦端を開いていなかったことだけが不幸中の幸いだった。もしも戦さがはじまっていて、そこに三成挙兵の報せが入っていたなら、いまごろはすっかり浮き足立って、とても戦さどころではなかっただろう。

家康は、伊達政宗が上杉領にちょっかいを出しはじめていることを聞いたときには激怒して、攻撃を中止するよう命令した。単身では本気で上杉と戦う気もないくせに、こちらの大軍を当てにして、上杉を挑発している政宗に憎悪すら抱いたほどだった。

もはや、これ以上、上杉を刺激しないこと。それだけが、今度の逃亡に際して打てる手立てだった。

忍びを上杉領にばらまき、このたびの会津攻めはもともと家康の本意ではなかったという噂を広めさせた。同時に可能なかぎりの手づるを使い、家康の景勝に対する感情は決して悪いものではないと伝えさせた。

上杉の追撃を封じるためには、もはや名誉うんぬんはどうでもよかった。

さらに、家康は兵を退くにあたり、宇都宮にとどまって上杉の抑えとなる役を、次男の結城秀康に命じた。

結城秀康――。

家康はこの次男に対して、愛情を持つことはほとんどなかった。だいいち自分の子《こ》胤《だね》ではないという疑いすら持っていた。秀康は幼いころには本多《ほんだ》重次《しげつぐ》に養われ、長じては秀吉の養子に出された。秀康もまた、父といえば、家康よりも秀吉のほうを思い浮かべてしまうほどだった。

父・家康に対する反感もあったのだろう、秀康が好意を抱く武将は、いずれも反家康派に属する男たちばかりだった。秀康は石田三成にさえ好感を抱いていた。いわんや上杉景勝や直江兼続ときたら、好感を通り越し、親愛の情すらあった。

もちろん家康は、そうした秀康の心情を察知していた。

だから、今度の退陣では、残留役にうってつけの男なのだ。

あまりに軽い家格の者では、総退却の印象が強くなってしまう。上杉から逃げたと思われるのは耐えがたい。だが、次男として知れわたっているのだから、総退却に見られる心配はない。

そして、上杉が追撃してきたときは、もともと親しい間柄ゆえ、攻撃に手ごころが加えられるといったことも、まったくないとはいえないだろう。

さらに、なによりも上杉にその首をとられたとしても、家康としてはあまり胸を痛めずにすむ。

そんなわけで、家康はただちに、結城秀康に宇都宮在陣を命じた。

だが、命じられた秀康も、

（冗談ではない……）

と怒った。

敵としての強さはともかく、今度の戦さで大きな手柄となるのは、やはり毛利や宇喜多などを相手にする西軍との戦さである。秀康は、戦場に出たら、後継者と目されている弟の秀忠などよりはるかにまさる働きをする自信があった。だから、なんとしても秀忠とともに西軍とぶつかり、秀忠にまさる働きがしたかった。

第一、秀康もまた、上杉景勝や直江兼続と戦うのは気が乗らなかった。

結城秀康は宇都宮から小山の父に使いを出し、

「上方の戦さに加わらず、ここに残るなどとは、たとえ父の仰せであろうと、これには従いかねます」

と決意を述べた。

家康はこの伝言を聞き、

（あいつもわしの心底を察知しおったな……）

と思ったが、ここで騒ぎを大きくするのは得策ではない。

「秀康は若いので血気にはやっているのだろう。わしが直接、話す。ここへまいるよう伝えよ」

と、秀康を呼び寄せた。

家康は、直接、話すといったわりにはやたらと大勢の家臣がいる前で、ふてくされた顔をしている秀康に、こう諭《さと》した。

「このたび上方で兵を挙げたが、やつらは烏合《うごう》の衆《しゅう》。なにほどのこともないわ。それに反して上杉の家は、謙信の頃から弓矢を取っては天下に並ぶものがない。景勝にしても幼児の頃から戦さの中で成長し、その武名は天下に鳴り響いておる。いま、景勝に向かって戦いを挑むことができる武将がどれだけおることか。それをそなたが敵にまわすとは、このうえもない面目ではないか」

大勢の前でこうまでいわれたら、秀康としてもどうしようもない。

「わかりました。上杉軍はおまかせあられたい」

そう答えた。

さらに、家康は景勝を迎え撃つための戦略まで教えた。

「景勝がもし進軍してきても、宇都宮付近で戦ってはならぬ。わざとここは通過させてしまえ。そして、景勝が利根川を越えたなら、いっきに軍勢を繰り出し、その背後を断つのだ。すると、やつめは必ず軍を返そうとするであろう。そのときこそ一戦して、雌雄を決するのだ。よいな、こちらからは決して、進んで戦いを挑んではならぬぞ」

これが家康の迎撃策であった。

しかし、上杉ともあろう者が、宇都宮の軍勢を横目に見ながら、関東の中枢に向かって兵を進めるなど、秀康はおろか、ここにいた家臣の誰一人として、ありうるはずがないと思っていた。

家康は逃げた。

心にあるのは、西における大坂方との決戦ではなく、とにかく会津から一歩でも遠ざかることだった。

江戸に着くまで、いやその後もずっと、家康は背中に上杉の足音を聞きつづけた……。

四

高原にいた直江兼続のもとに、宇都宮から小山にかけて出していた物見の兵や忍びの者たちが息をはずませながら次々に駆け込んできていた。家康軍が蟻の行進のように、一列になってぞろぞろと街道を南下していくというのである。

「まさか、そのような……」

直江兼続は信じられなかった。

ひとつ考えられるとすれば、家康が上杉を見くびっているということだ。所詮、上杉から攻めてくることはないと、踏んだにちがいない。でなければ、この状況下で兵を返すなどということは考えられないのである。

直江兼続は怒りがこみあげてきた。

「それで、長沼城におられる殿は、押し出してきているのだろうな」

兼続は自軍の軍令たちに訊いた。

「さて……」

「さてとはどういうことだっ？」

「そのような報せはいまだに」

「誰かとめておるのか、本庄か、安田か、市川や山浦はなにをしておるのだ」

直江兼続は白河近在に兵を繰り出している諸将の名を挙げた。

軍令たちは首を横に振るばかりだった。

兼続は、じりじりしながら追撃の命令を待った。待てど暮らせど、その報せは届かない。見上げる空を悠然と雲が流れていく。だが、兼続はそのゆっくりした雲の動きにすら苛立ちを掻き立てた。

もしも家康が引き返したときにどう対処するかという点については、まったく打ち合わせていなかった。そんな事態が起きようとは、夢にも思っていなかったのである。ただひたすら、決戦を覚悟し、そのためにはどう動くかということだけだった。

（こうなればわが軍だけで追撃するか）

兼続はひっきりなしに、催促の伝令を送った。しかし、ただ一度、返ってきた景勝の命令は、「待て」というものだった。

兼続には不可解としか思えなかった。いまこそ家康を討つ最大の機会だというのに、いったいなにをしているのか。景勝の気持ちになにが起きているのか……。

白河城で軍議を練った日の夜、兼続はこちらから打って出る戦略について、景勝の意向を質《ただ》した。そのとき景勝は、

「大義は？」

と兼続に訊いた。

まさか、そのことなのか……？

直江兼続はわずかの供廻りを連れて、長沼城の景勝のもとへ急いだ。

長沼城の周囲には、すでに危機を回避したような安堵の気配が漂っていた。それは雑兵たちの表情にも明らかだった。

雑兵にすれば無理のないことである。いくら戦場に散る覚悟ができていたとはいえ、ひとまずは命を永らえることができたのだから。

直江兼続は小高い城山のふもとに馬をつなぎ、細い山道をいっきに駆け上がった。

岩肌を露呈させた急坂である。本丸の前に、車丹波がいた。車丹波は直江兼続の姿を

見てうつむいた。

「追撃をいさめておるのは、車どのか」

兼続は息を切らしつつ、なじるように訊いた。

「違う。わしも追撃を勧めた。だが、殿は首を縦に振ろうとはなさらぬ」

車丹波はむきになっていった。たしかにこの男は、家康に対してもっとも闘争心を燃やしている男である。兼続と同じように、いまの状況に地団駄を踏んでいるにちがいない。

「よし。わしが申し上げる」

兼続は本丸の中に飛び込んだ。

勢いよく駆け込んできた直江兼続を、上杉景勝は静かな目で見ていた。

（やけに澄んだ眼差しであることよ……）

兼続は気負いのないその目に気圧《けお》されるものを感じた。だが、そうした気持ちを封じ込めて、大声で叫んだ。

「殿。なにゆえに！」

それだけでわかるはずだった。

「わからぬか」

景勝は静かにいった。

「わかりませぬ。いま、追撃すれば、必ず家康を打ち破ることができますぞ」

「家康を打ち破ってどうする？」

「えっ……」

兼続は絶句した。景勝がなにを考えているのか、まったくわからなくなった。もしかしたら、恐怖のあまり、狂ったのかとさえ思った。

「家康を打ち破れば、天下に名乗りを上げることになろう」

「当然でございましょう」

「その後も戦さがつづくことになるぞ」

「勝ちまくりましょうぞ」

兼続は勢い込んでいった。もしも家康を破ることができたら、その勢いでいっきに中原に兵を進めるのも可能だ。

「それらの戦さのどこに、義があるというのだ、兼続」

「義……」

やはり本気なのか、と直江兼続は景勝の胸中を疑った。もしも相手が景勝でなかったら、直江兼続は高笑いをしたことだろう。

直江兼続は景勝の目をのぞき込んだ。景勝の瞳の奥に不識庵謙信の姿を見た。そうか、このお方は、いまだ謙信の影にとらわれているのだったと、いまさらながら理解した。

謙信はつねに、戦さに〈義〉を標榜《ひょうぼう》した。戦さは自分の欲望のために行なうのではなかった。他人に請われ、その頼みに応じて兵を出した。しかも、敵を打ち破ったあとも、その地をみずからのものとすることはなく、援軍を頼んできたものの手に返還してやった。神のごとく義を果たした謙信は、颯爽と戦場をあとにした。

だからこそ、謙信は戦さの神ともうたわれ、全国にその名を清冽な印象とともにとどろかせた。義に生きた武将、上杉謙信。景勝はみずからも、そんな武将になろうと、四十数年の人生をひたすら、その影を追い求めてきた。

「家康が難癖の果てに、わが領土を侵《おか》そうとするなら、わしはこの首を賭けても戦い抜くつもりだった。それが上杉の意地であり、義であった。しかし、家康は戦いを前にして上杉に背を向けた。背を向けた者を追うことに義はあるか、兼続？」

「…………」

兼続の胸に怒りにも似た感情がこみあげてきた。

「それはちがうっ」

と、兼続はいった。

さらに、もっと手厳しく、

「謙信公を気取っている場合ではございませぬっ」

「与六。そこまでいうかっ」

「申し上げますっ」

斬られてもよいと兼続は思った。景勝に斬られるのなら本望だった。

「謙信公につづいて景勝さまの代にも訪れた天下盗りの機会を、なにをわざわざ見逃すことがあるものでしょうか」

「先代の戦さには義があったのだ」

「それは……」

それはちがう。

どんなに義を掲げても、戦さの実相は、ほかのすべての戦さとなにひとつとしてちがわない。兵は乱暴狼藉のかぎりを尽くした。その地のあらゆるものを略奪し、女たちを手込めにし、奴隷を狩った。それは、武田も北条も上杉も同じだ。

武田も北条も上杉も同じであるなら、武将はなにを拠《よ》りどころとして戦えばよいのか。敵も味方もなく、ただひたすら食いつくし、奪いつくす、その繰り返し。地上は果てしのない地獄に化すしかない。そして武将は、地獄の炎の中でひたすらわめき散らすしかない。それは謙信にとってあまりにもやりきれないことだった。

謙信は拠《よ》りどころが欲しかった。それが〈天下布武《てんかふぶ》〉では、あまりにも欲望に忠実すぎた。そして選んだのが〈義〉だった。

だから、謙信の義は、真の義ではなく、あくまでも戦いのための義なのだ。義のために戦うのではなかった。

兼続はそこのちがいを明らかにしようとして、めまいのように頭が混乱した。そしてそれを景勝に説こうとして、瞬時にできるわけはないということに気がついた。いえば、謙信を批判することになる。この上杉の家中で謙信を批判することができるわけはない。謙信を批判すれば景勝を否定することになる。

直江兼続はふと、自分がいま、亡き謙信と戦っているような気がした。

背を伸ばし、昂然と景勝を見た。謙信の姉の子でありながら、その顔かたちに謙信の面影はない。顔かたちばかりか、性情にも資質にも、謙信の面影はない。

景勝は、すべてを謙信に倣《なら》おうとして、その生涯を費やしてきた。みずからに強《し》いた寡黙も、家臣に対する豪気も、日々の暮らしの清廉も、すべて謙信に倣った。その結果、景勝はそれらすべての点で、謙信に比肩《ひけん》し、あるいは謙信を超えた。

しかし、謙信はもっと複雑なものを宿していた。もっとどす黒い混沌《こんとん》を備えていたのだ。

景勝の性《さが》は、もともと清冽で純粋だった。数十年の歳月をともにしてきた兼続には、それがよくわかっている。謙信の〈義〉を、純粋に受け入れてしまう下地があった。

景勝にとって謙信は、父を謀殺した張本人だ。心の奥には憎しみもあったにちがいない。謙信の人となりに対する疑惑も湧いたことだろう。そうした憎しみや疑惑を忘れるためには、自分が謙信そのものになりきることしかなかったのではないだろうか。

その結果、謙信の上澄みをさらにすくい取ったような、純粋な謙信二世が誕生してしまったのだ。

（人の心の不思議さよ……）

むしろ謙信に似ているのは、なんの血のつながりもない自分のほうだ、と兼続は思った。謙信のずるさも、弱さも、すべて自分の中にある。それがわかっていたから、自分は早くから謙信の影から逃れることができたのだった。

しかし、それはいえることではなかった。

「義は、天下を手中になされてから、殿が掲げなされませ。それまでは、わしがすべての泥をかむり、傷を受け、そうして天下を殿に差し出しましょう」

景勝は笑った。

「わしは秀吉という男を近くで見つづけてきた。あの鉄面皮《てつめんぴ》ぶりには呆れ返ったものだ。到底、わしには真似はできぬ。家康にしてもそうじゃ。あの鵺《ぬえ》のような変幻ぶりはどうじゃ。だが、天下を手中にするのは、おそらくああした人間なのじゃ。天下の上に座布団を敷いて、ふんぞり返るには、あのような図々しさが必要なのじゃ。わしには、とてもできぬわ」

「なぜっ、この期《ご》におよんで……！」

「兼続。治部少輔が兵を挙げたではないか。毛利も宇喜多も巻き込んだ堂々たる軍勢ではないか。家康とも充分に戦うことができるであろう。ならば、三成に戦わせればいい。天下などという泥まみれのものは三成にやり、われらは武門の面目を保つことだけを考えればいい。それでいいではないか」

「しかし、石田が勝てるとは限りませぬ。むしろ家康を討てるのは、この上杉でございましょう！」

「それでどうするのだっ」

「いわずと知れたこと。天下を……！」

「それほど天下が欲しいか、兼続！」

景勝の声が高くなった。怒りすら混じっていた。

「ううっ……」

直江兼続は答えられない。欲しいのか、わしは……。いや、ちがう。天下を殿に取らせてあげたいのだ。

「天下を殿に……それが兼続の悲願でござった！」

兼続はうめくようにいった。

「わしは欲しくはないぞ。天下の民がわしにそれを望むなら、受けもしよう。だが、わしから天下を望むつもりはない。それでもそなたが天下が欲しいのなら、わしを越えてゆくことになるであろう。そこまでの覚悟があれば全軍を預けるぞ」

「そ、それは……」

できるはずがなかった。

自分は景勝の補佐役として、長く生きてきた。補佐役としておのれを鍛えあげ、武力をたくわえ、みずからを律してきた。それゆえに、多くの人たちにこの直江兼続という男が評価され、認められてきた。

自分は一国の主ではない。下手な大名などよりはるかに上回る領土や力を持っていても、あくまでも補佐役のそれであった。兼続は薪炭役人の小伜から、いまの自分の地位にいたるまでの道を、なんと遠くはるかな道であったかと思った。

しかし――。

自分の位置と、景勝の位置とのあいだにある距離は、これまでの道のりよりももっとはるかなものであった。所詮、補佐役は補佐役であって、最後の決断という宝刀を持ってはいないのだ。

もはや、どうすることもできなかった。

兼続はふっと目を外にそらせた。

木の葉のざわめきが目に入ってきた。光が木の葉にもまれ、小さく分かれて飛びはねていた。

革籠原の草原も風になびいているのだろう。なぜあの草原に馬群の轟《とどろ》きを充《み》たすことができなかったのか。あの草原で死んでいたほうがよほど幸せだったという気がした。

第六章　もうひとつの関ケ原

兜の前立に飾られた〈愛〉という字の下に、直江兼続の怒りの形相《ぎょうそう》があった。

一

兼続は北に向かっていた。

家康を追撃はしないということが決まり、戦略は大転換を余儀なくされた。

天下を狙わずとも、せめて越後から会津、庄内にいたるまでの北の覇権を確立したい、そう兼続は進言した。越後奪還という大義名分には、景勝も異を唱えはしなかった。それは上杉家の悲願でもあった。

そのためには、まず最上義光を打ち破ることだ。最上を倒し、伊達を牽制《けんせい》し、後顧《こうこ》の憂《うれ》いを断《た》ってから越後に兵を進めれば、旧上杉家臣の多い越後の攻略はそれほど難しくはないはずだ。

しかも、最上領を押さえれば、点在するかたちだった上杉の領土は完全に結ばれるのである。

重臣たちの中には、伊達を初めに攻略すべきとする意見もあった。というのも、家康軍が宇都宮近辺に滞陣しているあいだ、上杉領にしばしば侵入を試みていたからである。

伊達政宗は、すでに七月二十四日に上杉領土の白石城に攻め入り、これを一日で落としていた。

八月三日に、三成蜂起の報せを聞いた政宗は、家康の家臣・井伊直政に、

「三成軍など、景勝を討ってしまえばどうにでもなりましょう。それよりはまず、会津を攻めていただきたい。また、最上義光はいっこうに会津に攻め入るようすがなく、早く進軍するよう命じていただきたい」

との書状を送りとどけた。

政宗にしても、自分だけで上杉を攻めようなどという気は毛頭ない。なんとか巨大な波をつくり、そこでもっともおいしい目を見ようという魂胆だった。

だが、最上義光は家康から、会津を攻めてはならぬという命令を受け取っていたし、なによりもまともに上杉軍と戦うつもりは、最初からなかった。

やがて伊達政宗は、家康軍が小山から西へ踵《きびす》を返したことを知って、愕然とした。

このため、急いで景勝に和睦を申し入れた。

直江兼続も白石城への侵略についてはひとまず目をつむり、伊達との停戦を約束することにした。というのは、兼続の胸中ではすでに、最上攻めが固まっていたからである。

焦《あせ》ったのは最上義光だった。ともに攻め入るはずだった一方の伊達が、勝手に停戦協定など結んでしまった。義光は慌てて、直江兼続に書状を送ってきた。

「これまでの行動は内府の命により、やむなく行なったもの。人質は幾人でも出すし、景勝公が命じるなら、義光みずから兵を率い、どこへなりとも進軍いたす」

と、なりふりかまわぬへつらいぶりだった。

兼続はもはや相手にしない。それどころか、家康を相手に一戦を交えることができなかった鬱屈《うっくつ》が、最上義光に向けられた。

まず、最上討伐軍を三軍に分けて編成した。

第一軍を兼続みずからが率い、その数およそ二万。

第二軍は横田旨俊《よこたむねとし》、本村親盛《もとむらちかもり》が率いるおよそ四千。

第三軍は庄内の戦力で、志駄義秀《しだよしひで》、下吉忠《しもよしただ》が率いる三千。

これらは三方面から進み、山形城にいる最上義光に迫ろうという作戦だった。

兼続は九月八日、米沢城から出陣した。進んだのは羽州街道ではなく、狐越街道といわれた険しい山道である。

ぐるりと迂回するかたちで、山形城の西にある畑谷《はたや》城に迫った。ここは城というより砦《とりで》といったほうがふさわしい小城だが、およそ三百人ほどの兵が立て籠っていた。

この小城は力攻めで落とした。兼続は最前線に出て、兵士たちを鼓舞した。わずか一日で、城兵を全滅させたのである。

つづいて兼続が向かったのは、山形城から西南におよそ六キロほど下ったところにある長谷堂《はせどう》城であった。山形城を攻めるさいには、この城を背にすることになる。後方からの攻撃を回避するためにも、この城は落とさなければならなかった。

九月十五日、兼続は長谷堂城を見下ろす菅沢《すげさわ》山に陣を敷いた。

（最上め、完膚《かんぷ》なきまで打ちのめしてやる）

兼続は城攻めのまどろこっしさに苛立ちを覚えた。家康との合戦は、一大野戦となるはずだったことを思うと、その苛立ちはひとしおだ。

ちょうどその日、はるか関ケ原《せきがはら》において、東西合わせて十五万の兵が激突する史上最大の合戦が行なわれていたことなど、兼続に知るよしもなかった。

それでも兼続は、ときおりはるか西の彼方で、石田三成らと家康軍との戦いのことを思った。いったいどのような策が取られているのか、石田の戦さぶりはどうなのか……。不安はあった。だが、西軍には大坂城という天下無双の拠点がある。あの城ばかりは、どれほどの大軍でも落とすことはできぬだろう。

（おそらく、戦さは長引く）

と、兼続は予想していた。いや、兼続だけではない。景勝も、他の重臣たちも、そして最上も伊達も、そう思っているにちがいなかった。

長引けば長引くほど、兼続にとって好都合だった。

北の覇権を確立すれば、やがて景勝にも否応なしに天下盗りの自覚が生まれてくる。最上領を併呑《へいどん》し、越後を奪還すれば、その領土は二百万石ほどにもなり、家康と肩を並べることになる。

それでもまだ、天下はいらぬというのはもはや通らないだろう。

景勝の心を変えてみせる——兼続の望みはいまやそれだけだった。

長谷堂城はまたの名を亀ケ城という。小高い山の上に築かれた山城であり、山のかたちが亀の甲羅《こうら》に似ていた。しかも、かたちばかりでなく、頂上を取り巻くように曲輪《くるわ》が幾重にもつくられ、まさに亀甲紋《きっこうもん》のようにも見える。

山の麓《ふもと》を本沢川が堀をうがったように囲んでいる。さらにそのまわりは一面の水田であり、おりしも稲穂が黄金色《こがね》を帯び、豊かなこうべを垂れていた。守るにやすく、攻めるに難《かた》い城である。

事実、ここでの戦闘は、のちに北の関ヶ原の合戦ともいわれるほど凄まじいものとなった。

直江兼続が陣取った菅沢山は、この城から一キロほど離れた小高い山である。この山に、赤地に三つ山の直江兼続の軍旗がはためいた。

「この城が落ちそうになれば、必ずや山形城の最上義光も打って出てくるにちがいない。そのときこそ、憎き最上の首をとるときぞ」

直江兼続は二万の大軍の中心にどっかりと腰を据え、長谷堂城を睨んだ。

長谷堂城に籠るのは、城主・志村高治《しむらたかはる》以下五千の兵である。これに、山形城から出てきた義光の弟・最上光直《あきなお》率いる八千の兵が後詰めにやってきていた。

「まずは後詰めの兵を討つべきだろうが、下手な戦さを仕掛ければ、長谷堂城から兵が繰り出され、挟み撃ちにあいかねぬ。さて、どう攻めてやろうか」

直江兼続はひとまず、ようすをうかがうことにした。

二万の兵に睨まれて、先に最上軍の後詰めの兵が動いた。夜討ちを仕掛けてきたのである。

「謙信の家に夜討ちを仕掛けるとは、愚かなことよ」

直江兼続は、最上の策をあざ笑った。

すでに、こうしたこともあろうかと、軍の西側に鉄砲隊を伏せていたのである。

夜更けて、兼続の本陣に迫ってきた最上軍に向けて、いっせいに鉄砲が火を吹いた。

無数の火花が闇の中で飛び散る。鳴りつづける雷のような音が聞こえたかと思うと、すでに周囲の兵は弾丸を浴びて、ばたばたと突っ伏していく。これは、昼に攻められるよりもはるかに恐怖を掻き立てられる。闇から突然の死が這い出てくるように、兵士たちの足をすくめさせ、慌てふためかせる。

「すくむな、進めっ」

将がいくら声を大にしても、いったん怯《おび》えにからめとられた兵士はなかなか立ち直れるものではない。

あいつぐ鉄砲の響きに、夜襲の軍は逆に壊滅状態となって逃散《ちょうさん》していった。

「上杉の鉄砲隊を見るがいい」

直江兼続は、みずからが育てあげた鉄砲隊の威力にあらためて満足した。

上杉の家中において、鉄砲隊の充実を図ったのも、直江兼続の功績である。もともと上杉では、鉄砲という武器をさほど重要視してこなかった。

不識庵謙信にしても、その武力の中心を占めたのは槍部隊だった。信長が三千五百挺の鉄砲保有量を誇っていた当時、謙信が持っていた鉄砲の量はわずか三百挺ほどにすぎなかった。凄まじい勢いで敵の中枢に打って出て、肉弾戦へと持ち込むのが、謙信の基本の戦法だったのである。

直江兼続はこうした上杉兵の果敢さを保ちながら、さらに鉄砲隊の充実に力を入れた。やがて、「上杉の雷砲」と恐れられる鉄砲隊の基礎は、すでにととのいつつあったのである。

夜襲をしりぞけた翌朝――。

逆に、上杉の軍が攻勢に出た。

今度は最上軍も鉄砲隊を前面に出してきて、激しい銃撃戦になった。

ここでも上杉軍は優勢を占めたが、長谷堂城の近くまで押していくと、山の上からの銃弾が上杉軍に降りそそいできた。このため、形勢はにわかに逆転し、上杉軍は後退を余儀なくされた。

「やはり、攻めにくいのう」

予想したとおりであり、兼続に動揺はない。

「田に火を放て。城兵をおびき出すのだ」

と命じた。

長谷堂城のまわりの豊かに実った稲穂の群れに、次々と火がつけられた。黄金色の稲の葉がさかんに燃えはじめる。

城に籠った兵たちには辛い光景である。ようやく実った稲穂が、無残に焼かれていくのだ。城には半農の地侍だけでなく、避難のためや戦さの手伝いのために入城した百姓たちも大勢いた。

「ああ、稲が焼かれるだっ」

「なんてことだ……」

絶望の悲鳴に憤慨した兵が城からどっと繰り出してくる。ふたたび乱戦となった。

直江兼続も菅沢山の頂上から下り、前線近くにまで進み出て、声をかぎりに兵士たちを励ました。

「ひるむなっ、進めっ。上杉の武威を示すのだっ！」

一年の実りを焼き尽くされようとする側も必死である。戦闘は激しさを増すばかりだった。

兼続のまわりでも、大勢の兵士が倒れていく。

軍旗を掲げていた近習のひとりが、眼の下を撃ち抜かれて、唐突に後ろにのけぞった。抱き起こしたとき、直江兼続の手に白い脳漿《のうしょう》がこぼれ出た。

まだ、元服の儀をすませたばかりの、幼さを残した近習だった。初陣《ういじん》において、はかない命を散らした。

「戦場の、どこに義があるというのだっ。なにが愛なのだっ」

直江兼続は、近習の遺骸を抱きながら、呻《うめ》いた。

合戦では、思いがけない人の姿もあらわになる。ふだんはおなごのようにやさしげな男が、まるで鬼神のような形相で、次々に敵の首を搔っ切っていったりする。

逆に、いかにもこわもての髭面の男が、地面を這いつくばり、恐怖の悲鳴をわめき散らしていたりもする。

しかし、これまでに何度も見てきた光景であり、兼続自身、おのれの心の奥にひそむ残虐性に震撼したことさえある。年少の頃から見続けてきた戦場であり、どれほど戦乱から遠ざかっても忘れるはずのない原風景でもあった。

ただ、自分の身体がすでに若くないことは、この戦さの中で痛感させられた。

重い甲冑《かっちゅう》を着て、二町ほども走れば、息があがり、足腰はふらふらになる。思わず田の中に座り込み、息をととのえなければならないこともしばしばだった。

それでも兼続はまたしても立ち上がり、

「進めっ、ひるむなっ！」

と絶叫しつづけた……。

二

長谷堂城はなかなか落ちなかった。

（ひと月やふた月かけても落としてみせる……）

直江兼続の形相は、いっそう鬼気を帯びてきていた。

その、信じられない報せが飛び込んできたのは、長谷堂城攻めの真っ最中である九月の晦日《みそか》のことであった。

若松城からの使者であった。

「去る九月十五日に、美濃国関ヶ原において、徳川家康率いるおよそ七万五千の兵と、石田三成さま、宇喜多秀家さまらが率いる八万の兵が激突。未曾有《みぞう》の野戦が繰り広げられました……」

両軍合わせて十五万におよぶという大会戦である。そのような戦さは、いかに兼続とはいえ、見たことも聞いたこともない。

兼続は言葉をはさむことさえできず、使者を見つめた。

「この合戦は、たった一日で徳川家康軍の圧勝に終わり、石田さま、宇喜多さまの軍はもとより、西軍に属した兵の大半は討ち取られたよしにございます」

「……………」

兼続は信じられなかった。

十五万という兵の激突も、そしてわずか一日で西軍が崩壊したということも。

「この報告はただひとりによるものではなく、すでに何人もの報せによって確認いたしたことゆえ、まちがいはないとのことです」

「……それで、景勝さまは？」

「はっ。直江さまにおかれましては、ただちに兵をまとめ、いったん米沢へと帰還するようにとの命令にございます」

「わかった。ただちにそのようにいたそう」

兼続の顔に血の色はなかった。

石田ばかりか、毛利も、宇喜多も、吉川《きっかわ》も、小西も、島津も、みな、敗れたというのか……。兼続は、いずれも歴戦の強者であるそれらの武将たちの顔を思い浮かべた。あの男たちがそろいもそろって、徳川軍に屈したというのか。

兼続は、すべての構想が音を立てて崩れ落ちる思いだった。

この報せは、最上や伊達にも伝わることだろう。すると、敵軍は勢いづき、両軍はいっせいに上杉軍めがけて襲いかかってくるにちがいない。一刻も早く、最上領を脱出しなければならなかった。

直江兼続はまず全軍を十三軍に分け、整然と撤退をするよう命じた。いったん逃走の心理におちいると、兵はてんでんばらばらに逃げまどいがちである。このため、被害はいっそう増加する。これを防ぐには、あくまでも整然と、粘り強く戦いながら兵を退かせなければならなかった。

さらに、兼続は逃走路を補修することを命じた。狭い道では退却に難儀し、そのあいだに敵軍から挟み撃ちに遭う危険が高いからである。このため、騎兵およそ千人が、まず退却路を整備し、それから退却命令がくだされた。

上杉軍の退却を知った最上軍は、猛追撃をしかけてきた。これを鉄砲隊らが迎え撃ちながら、凄まじい退却戦が行なわれた。

この退却戦でもっとも奮戦したのは、上杉家では新参者である前田慶次郎と上泉泰綱だった。

前田慶次郎は勢いに乗って押し寄せる最上軍の前に仁王《におう》のごとく立ちふさがり、得意の槍をふるって、しばしば攻めかける敵を押しもどした。

上泉泰綱も、敵を引き寄せては、不意に軍を返し、みずから刀をふるって、敵軍深く斬り込んでいった。祖父直伝の新陰流の剣は、勢いづく敵をひるませた。しかし、上泉泰綱はついに、ふたたび上杉軍の群れにもどってはこなかった。

直江兼続もまた、この退却戦の途中、頭に激しい衝撃を覚えた。

（撃たれたか……）

と思ったが、からだは動いている。このため、傷を確かめることさえせず、味方の兵士を叱咤《しった》し、退却を指示しつづけた。

ついには、それまで山形城に籠って一歩も出ようとはしなかった最上義光までも追撃戦に加わった。だが、乱れのない退却ぶりに、最上義光はあと一歩の追撃ができずに終わった。

潮《うしお》のように引いていく上杉軍を眺めながら、最上義光はこう感嘆した。

「謙信の武力いまだ衰えず」

直江兼続らは三日後、ようやくの思いで米沢城まで逃げ帰った。

直江兼続は米沢城に入って初めて、兜に受けた銃弾に気がついた。前立に飾った〈愛〉の文字を破壊していた。

（戒めのようではないか……）

兼続は疲労の濃い顔にかすかな笑いを浮かべた。

米沢に帰還はしたけれど、この先も、最上や伊達の侵略がつづくであろうことはいうまでもなかった。

それどころか、石田三成ら西軍を打ち破った家康もまた、今度は意気揚々と会津に押しかけてくるだろう。

防戦一方の戦さになるはずだった。

（ちょうど、信長軍の猛攻にさらされたあの頃のように……）

兼続は二十年以上も前の苦難の時期を思った。

もはや、景勝への怒りも、みずからに対する歯がゆさも、すべて消え去っていた。

それどころではなかった。上杉は天下を狙うところから一転して、存亡の危機にさらされているのである。

（だが、守り抜いてみせる）

おそらく景勝も、その意気に燃えていることだろう。景勝も自分も、本来、攻めよりは守りのほうが得意であり、似合っているのかも知れない――と、直江兼続は悲しみとともに思った。

もはや、あのときの夢はすっかり掌からこぼれ落ちてしまっている。

（いや、あるいは、すでに伏見にいたころから、家康に敗れていたのかも知れない……）

景勝も自分も、太閤秀吉や徳川家康を超える覇者の姿というものを思い描くことはできなかった。秀吉の老耄《ろうもう》をあざ笑い、家康を鵺《ぬえ》のようだと嫌悪するだけで、その耄《もう》碌《ろく》爺や鵺を踏みにじる覇者の姿をおのれに重ね合わせることができなかった。

それは景勝だけでなく、景勝と自分の主従二人の敗北だった。

兼続は、天下に対する構想はあった。だが、自分に対する構想がなかったのだ。ただ漠然と、自分が差し出す天下を景勝が受け取り、そして天下の差配をまかされる、そんな夢物語を描いたにすぎなかったような気がした。

家康のように、鵺とも人非人《にんぴにん》ともなって、みずからを覇者に仕立てあげようという気概も覚悟も持たなかった。

人のいない構想が実現するわけはなかったし、そんな自分が勝てるはずもなかった。

（まもなく、雪の季節がくるだろう……）

兼続は疲れた身体で米沢城にあって、北の方角を睨み、雪の到来を待っていた。あとふた月もすれば、このあたりは深い雪におおわれるはずだった。越後もそうだし、会津も、庄内も、出羽も、陸奥も、すべてが白く冷たい世界に塗り変えられるのだ。そうすれば、兵を出すのも困難になり、そのあいだだけは、戦さの疲れを癒《いや》すことができる。

（疲れを癒すばかりではない。夢にあてられ、火照《ほて》った頭もまた、冷やすことができるはずだ……）

雪景色こそ、もっともなじみ深い光景だ。あの、静謐《せいひつ》で清浄な空間こそ、自分にふさわしいのだとさえ思えた。

京や大坂で、慌ただしく動きまわっていた自分が不思議である。あれは、本当に自分だったのだろうか――。

雪夜囲炉情更長　　雪夜炉《ろ》を囲んで情更に長し
吟遊相会古今忘　　吟遊《ぎんゆう》相会して古今を忘る

江南良策無求処
柴火煙中芋煨香

江南の良策求むる処無くんば
柴火煙中芋《いも》を煨《や》くの香り

直江兼続は囲炉裏ばたでとろとうたたねでもする自分を思い描いた。

直江兼続はそういつまでも敗北の疲労を癒しているわけにはいかなかった。

上杉の存亡の危機に対処しなければならないのである。

関ヶ原の合戦を制した徳川家康は、圧倒的な領土を手中にし、事実上の天下人たる権威をもって、論功行賞に着手していた。

三成に与《くみ》して関ヶ原で西軍に属した大名たちの領土が次々に取り上げられている。

石田三成の近江佐和山十九万五千石、宇喜多秀家の備前岡山五十七万石、小西行長の肥後宇土《ひごうと》二十万石、長宗我部盛親の土佐浦戸《とさうらど》二十二万石、増田長盛の大和郡山《こおりやま》二十万石、前田利政の能登七尾《のとななお》二十一万五千石などである。

これらは、福島正則や黒田長政といった論功のあった武将たちにも分け与えられたが、当然、家康もまた自分の領土を増やし、伜たちに与えた分も入れれば、すでに五百万石近い所領をおのれのものとしていた。

豊臣秀頼はまだ大坂城にあったが、直轄地はすべて没収され、摂津《せっつ》、河内《かわち》、和泉《いずみ》のわずか三国、六十万石の大名になっていた。権威は、失われてはいないが、事実上、もはや家康の敵ではなかった。

徳川家康に立ち向かえる大名はだれひとりいないのである。上杉百二十万石をもってしても、どうすることもできない。しかも、その上杉の領土ですら、危うくなってきている。

上杉家は、家康の軍と干戈《かんか》を交えはしなかった。だが、家康の命令を拒み、会津に家康軍を引き寄せ、関ヶ原の合戦の口火を切ったことは、だれの目にも明らかだった。

関ヶ原の敵と同一にみなされても、なんらおかしいことはないのである。

だが、上杉に対する処置は遅れていた。というよりは、遅らされていた。

遅らせていたのが、直江兼続の工作であった。

（もはや、戦さは無用。このうえは、いかにして上杉の家臣たちに生きのびる道を与えてやれるか、それだけだ……）

と兼続は思った。

同時に、上杉家の存亡をかけて、外交工作に着手したのだった。

まず、伊達や最上の執拗《しつよう》なまでの攻撃から、会津の地を守り抜かなければならない。関ヶ原の合戦の結果、すでに上杉は没落すると見た伊達も最上も、家康の沙汰が下る前に少しでも多くの所領を刈り取っておこうと、攻め立ててきていた。

こうした攻撃をしりぞけ、会津百二十万石を無傷のままで守り抜く。

いざとなれば、まだまだ百二十万石の武力にものを言わすこともできる、という切り札を握っていなければならない。このため、所領の守備には全力を注ぐよう、諸将に命じていた。

実際、上杉の兵は強く、嵩《かさ》にかかった伊達や最上の軍をことごとく寄せつけなかった。

直江兼続がその力をもっとも遺憾なく発揮したのは、外交工作であった。

上杉家に対してこれまで好意的であった人には、もれなく接触をこころみさせ、上杉存続の支援を要請した。

兼続は直接、動くことはできない。

だが、主だった諸将は兼続の命を受け、遠くは京・大坂まで駆けずりまわった。家中でも屈指の猛将、本庄繁長は、関ヶ原の合戦後およそひと月ほどして、京都に上り、留守居役の千坂対馬とともに、旧知の武将に接触を開始したほどだった。

宇都宮にいた家康の次男・結城秀康は、越前北ノ庄《きたのしょう》に移封されていたが、そこにも家臣を赴《おもむ》かせて、家康へのとりなしを願った。

家康の謀臣・本多正信へも使者を出し、兼続の胸中を述べさせた。正信はこのたびの武人としての兼続の行動に理解を示し、

「見事な采配には肝を冷やさせてもらった」

と語ったという。

正信は、使者に対して、

「われらが小山から引き返したおり、なにゆえに追撃なされなかったか。その一点のみが解《げ》せぬのだが」

と訊いたが、使者にそのあたりの事情はうかがい知れない。

しかも、兼続からは、もしもその旨を訊かれたら、

「それこそ内府さまへ反逆するつもりのなかった証左と述べよ」

と命じられていた。

正信は、上杉の処置はできるだけ寛大にとり行なうよう進言すると約束した。

兼続は五山の僧・承兌にも使いを送った。家康からの糾問使・伊奈昭綱が持参した書状への返書の非礼についても詫びさせた。

承兌もまた、兼続を恨《うら》んではいなかった。むしろ、声を低め、

「痛快の念を覚えたほどでござった」

と述べたという。

兼続がもっとも慎重に工作を行なったのは、常陸の佐竹家との交渉だった。

兼続は真っ先に佐竹義宣のもとへ密使を送り、関ヶ原前夜の密約についてはいっさい知らぬ存ぜぬを決め込むこととし、書状の類はすべて焼却させた。

なお、兼続はこの工作に、佐竹の旧臣だった車丹波を使わなかった。丹波は最後まで頑強に家康との決戦を主張し、佐竹にも江戸へ攻め上がることを勧めていたからである。丹波の気持ちはわからぬでもなかったが、兼続はもはやこれ以上の戦さは、無益に人の血を流させるだけと思っていた。

ちなみに車丹波は、その後も家康との決戦をあきらめず、ついには佐竹義宣に対して乱を起こし、斬首の憂き目に遭っている。

こうした直江兼続の下工作を受けて、佐竹家では、隠居していた義宣の父・義重が老体に鞭《むち》打って伏見の家康のもとを訪ね、

「不肖《ふしょう》の伜が関ヶ原の合戦に遅参いたして申し訳ございませぬ」

と詫びた。

もともと家康と佐竹義重とは旧友ともいえる仲であったため、上杉との密約について深く追及はしなかった。

この結果、佐竹家は取り潰しを免《まぬが》れたが、常陸から出羽秋田へ移封され、所領も五十五万石から二十万五千石へと激減した。

表立っては家康になんの異議も唱えなかった佐竹家ですら、これほど厳しい削減である。ましてや上杉家は、公然と家康に歯向かったのである。その沙汰は、佐竹家をさらに上回る厳しいものとなることが予想された。

もしかしたら、景勝に対して切腹を命じられるかも知れない……。

そうなれば無論、兼続も生きのびることはできないだろう。

兼続は本多正信や榊原康政に書状を送り、

「このたびのことはすべてこの兼続の責任であり、処罰を受けるべきも兼続ただひとりであるべき」

と訴えた。

こうした懇願を繰り返すことに、無念さを訴える武将もいた。だが、兼続は、

「決して卑屈《ひくつ》にならぬように。また、媚《こ》びる必要もない。われらは武人として恥ずべきことをしたわけではない。あくまでも正々堂々と内府さまに向き合い、結局は武運

のつたなさによって敗者となった。その敗者としての礼を尽くすだけなのだ」

そう、いい聞かせた。

兼続自身、無念さなど忘れていた。

むしろ、あの家康に対して、あと一太刀のところまで迫ったのだという満足感も湧いてきていた。

もはや野心も夢も跡形もなく消え去っている。あとは、残された身を、上杉家と家臣たちが生き残っていくために捧げ尽くすだけだった。

三

関ヶ原の合戦からすでに一年が過ぎようとしていた。

天下が徳川家康の手におさまったことを疑う者はいない。

たった一度の会戦によってである。

これほど手際よく、天下を手中におさめることができるとは、ほんの数年前までは家康ですら思ってもみなかった。

しかも、その関ヶ原の合戦においては、家康は終始、後方に位置し、前線において死闘を繰り広げたのは、福島正則や黒田長政、細川忠興といった、いわゆる豊臣恩顧の大名たちであった。家康は勝敗が決するころになって、ぐっと鼻面を迫《せ》り出したようなものだった。

当然、こうした連中には加増を行なわなければならなかった。

福島正則は、尾張清洲《きよす》の二十万石から、安芸広島の五十万石に移封された。もっとも正則自身はもっともらえるつもりだったらしく、北政所に、

「百万石分は働いた」

などと愚痴をこぼしたほどだった。

黒田長政は、豊前中津《ぶぜんなかつ》の十八万石から筑前福岡《ちくぜんふくおか》の五十二万石へと抜擢《ばってき》された。長政は、関ヶ原の合戦では実際の戦闘はもとより、小早川秀秋や吉川広家《ひろいえ》の裏切りにも大きな貢献を果たした。また、小山評定でも、福島正則という豊臣系の大名の動向の鍵を握る男を家康方につかせることでも、重要な役割を果たした。

それらを考えれば、この加増は決して多すぎるものではないのに、長政はこれで満足した。その、人のいい喜びように、父親の黒田如水には大いに馬鹿にされたほどだ。

細川忠興は、丹後宮津十八万石から、豊前小倉四十万石の大名になった。

また、加藤清正は、関ヶ原の合戦にこそ九州にいて参加できなかったが、戦前からの忠勤ぶりに敬意が表され、肥後熊本二十万石に旧小西行長の領土が加えられ、五十一万石にふくれあがった。

そのほかにも、豊臣恩顧の大名で、加領された者は多かった。

家康はそうした大名たちのことを思うと、内心、奇妙な感慨にとらわれることがあった。すなわち、自分は単に、あいつらの欲のためにかつぎ出されたにすぎなかったのではないか――と。

（連中の変わり身の速さといったらなかったな）

家康は、ときおり自分の家臣たちの顔をつくづくと眺めることがあった。本多正信、井伊直政、鳥居忠政、奥平信昌《おくだいらのぶまさ》といった譜代の重臣たちである。

太閤に起こったことが、自分に起きない保証はなにもないのである。この連中もまた、いまはたいそうな忠義面《づら》をしているけれど、もしも自分が死んだあとは、あのような変わり身の速さを見せるのかと思うと、なんとも苛立たしかった。

むしろ、西軍について、敗れ去っていった武将たちのほうを、懐かしく思い出すことさえあった。

（わしは、本当はあの連中と手を組みたかったのに……）

家康は、自分の人望のなさをほとほと情けなく思った。

家康はまた、関ヶ原の合戦を振り返るたびに、

(よくもあれだけ危ない橋を渡り切ったものだ)

という感慨にとらわれた。背筋が凍る思いをすることもあった。

なんといっても最大の危機は、会津から軍を返したときだった。もしもあのとき、上杉と佐竹がともにわが軍を追撃してきていたら、とんでもない事態におちいっていたことだろう。上杉と佐竹は盟約もなり、わが軍が会津に侵入していたら、取り巻くようにわが軍に襲いかかる手筈になっていたということだった。上杉が五万、佐竹はなんと七万もの大軍を白河近辺にまで集結させていたというではないか。

(なぜ、追撃してこなかったのか……)

それは、家康がいくら考えてもわからないことであった。

どうやら、上杉でも佐竹でも、追撃を主張する声はかなりあったらしい。それはそうであろう、自分ならそうする、と家康は思った。

とくに直江兼続あたりは、上杉景勝に食ってかからんばかりに、追撃を勧めたのだという。にもかかわらず、景勝が首を縦に振らなかったのだそうだ。

(それにしても、あの主従は……)

家康は、つい先日の八月八日に、伏見城を訪れた上杉景勝と直江兼続の主従の顔を思い浮かべた。負けたとはこれっぱかりも思っていないことは明らかだった。

景勝は庭石でも眺めるような目で自分を見、直江兼続にいたっては、昂然《こうぜん》と胸を張り、ときおりかすかな笑みまで浮かべていた。

家康は一瞬、上杉は東方についたのだったかと錯覚したほどだった。

しかも、上杉主従の悪びれない態度に思わずつられたように、

「なあに、天下を望むのも、弓矢を取るのも、武士の習い。そなたたちのしたことは咎《とが》めるべき筋合いのものではない」

などといってしまっていた。

実際、上杉は負けたわけではなかった。

関ヶ原の合戦以降、伊達政宗はにわかに勢いづいて上杉領の侵入をこころみたが、結局、撃退されつづけた。政宗は、松川で行なわれた合戦では、兜《かぶと》にまで斬りつけられ、危うく一命を落とすところであったというではないか。

最上も上杉にはいまだに手も出せないし、越後の堀にしてもそんな度胸はない。

家康は、関ヶ原の合戦以後も、会津征伐を再開しようとはしなかった。あんな大会戦のあとに、またぞろ会津を攻めるなどといい出せば、豊臣恩顧の大名あたりからい

っせいに嫌な顔をされそうだったし、全国の大名たちのあいだには、上杉を攻めるということに極端な怯《おび》えと嫌悪があることも、この前のときに実感していた。そればかりか、町衆における上杉の人気も無視できなかった。上杉は、強大な力を持つ内府に対して、敢然と立ち向かった勇者——といった印象で受け取られているらしかった。だから、上杉に対して情け容赦のない仕打ちをしようものなら、新しい権力者の人気はいっきに凋落《ちょうらく》してしまいそうな気配だった。

四

上杉景勝と直江兼続をどう処断するか——。

それについては家康の家臣たちのあいだでも意見が百出した。

「全領土没収、上杉景勝も直江兼続も切腹」

という厳しい意見もあった。

「このたびの勝利は上杉がきっかけをつくってくれたおかげ。加増とはいかぬまでも、所領も二人の処分もいっさいそのままでよし」

という意見もあった。

だが、おおむねは、

「適度な削封と、二人はお構いなし」

というのが大勢となっていった。

どうやら、こうした意見が大勢を占めるに至ったのも、直江兼続の密かな暗躍が効を奏しているらしい気配もあった。直江兼続は、家康の中枢部、それも次男の結城秀康や、謀臣の本多正信にも密かに誼《よしみ》を通じ、それとなく上杉家の存続を画策したらしかった。

そればかりか、本多正信にいたっては、いったいどのように籠絡されたものか、直江兼続のことを話すときには、艶《つや》の乏しい顔に惚れたおなごのことを話すときのような色まで漂わせる始末だ。事実、本多正信はこれ以降のことであるが、次男を直江兼続の娘のもとに、養子としてくれてやったほどだった。

上杉主従が伏見城に伺候して九日後の八月十七日、その処分が決定し、登城してきた景勝と兼続にいい渡された。

処分は、旧領のうち、置賜、信夫、伊達の三郡だけを所領とし、景勝、兼続に関してはお咎めなしとするものだった。百二十万石を誇った上杉家は、三十万石の中堅大名へと転落したのだった。

「景勝はどんな顔をしておった？　直江兼続のやつめは？」

その場には居合わせなかった家康は、直接、処分をいい渡した本多正信を呼んで、興味津々《しんしん》といった顔で訊いた。

正信の返事はそっけなかった。

「いや、とくに、どうということは……」

なんという返事だろうと、家康は憮然とした。追従《ついしょう》のうまい男なら、「すっかり恐れ入っておりました」とかいいそうなものである。そういうことをいわないのは、正信が謀臣としては信頼できるところであったが、それにしてもにべもない。

「がっかりしておっただろう」

と家康はさらに突っ込んで訊いた。

「いえ、とくには……」

正信は首をかしげた。

「もしかしたら、予想とぴったり一致したのではありますまいか」

「うーむ」

と家康は呻《うめ》いた。

まったく食えない男たちであった。とくに、あの直江兼続のやつは。

家康と正信は、顔を背け合いながら、このときともに同じような光景を思い描いていた。

上杉軍団が疾駆《しっく》する姿だった。

謙信以来の勇猛果敢な軍団が、風を切って草原を走る姿だった。

石田三成の挙兵があと少し遅れていたら、家康と正信の主従はそれを目の当たりにするはずだった。

場所は白河南の革籠原。

あの謙信以来の旗印である〈毘〉と〈龍〉の文字も翩翻《へんぽん》とひるがえったことだろう。

幻で終わった天下分け目の合戦を、見ないで終わってしまったことが、本当は家康も正信も少々心残りなのであった。武人だけにわかる不思議な悔いでもあった。

しばしの黙考のあと、家康は、

「正信。上杉はもう一度、立つようなことがあるだろうか」

と訊いた。

「もはや、ございますまい」

正信はきっぱりと答えた。

景勝も兼続も舞台から下りていったという印象を強く持っていた。あの男たちは、周囲のさまざまな要請に応えるようにして舞台に登場してきたが、いったん芝居が終われば、舞台裏や客席から余計なちょっかいを出したり、しつこく舞台にしがみついたりするようなことはしそうもなかった。舞台小屋から出ていって、また別な生き甲斐《がい》でも見出《みいだ》しそうな男たちであった。

家康もまた、同感だった。

上杉の名誉さえ傷つけたり、愚弄《ぐろう》したりしなければ、あの男たちはもはや自分に楯《たて》突いたりすることはないだろう。そのかわり、ひとたび彼らの矜持《きょうじ》を貶《おとし》めようものなら、それこそ一兵残らず倒れるまで、自分の喉元に食らいつこうとするだろう。

「おかしな連中よのう」

家康はそういって、上杉の話は切り上げた。

家康の脳裏を、さまざまな武将たちの顔が駆けめぐった。

なにか、人生訓の手がかりが見えた。

「人というのは所詮……」

そこまでつぶやいたが、後がつづかなくなった。

家康はしばらく考え、いつもの薬湯をぐびりと飲み、吐き出した言葉は思ってもみなかったほどほろ苦いものであった。

家康はこういった。

「人の一生というのは、重い荷物を背負って、坂道をのぼるようなものじゃ、な……」

終章　晩年の花

一

直江兼続は、家臣たちが荷車を引きながら雪の降りだした峠道を米沢へと移住していく光景を、死ぬまで忘れないだろうと思った。

上杉家は百二十万石から三十万石に所領を減らされたが、家臣団はほとんど召し放つことなく、新しい領地へ連れていくことにしていた。家臣の数はおよそ六千人。これに妻や子、さらには年寄りなども加わるので、およそ三万人ほどの移住になる。

これだけの人数がいちどきに移住していくわけにはいかない。

が、次の領主の手前もあり、できるだけ早く会津の地を立ち去らなければならない。

ぐずぐずしていれば、山道は深い雪で閉ざされる。

彼らは急がなければならなかった。

米沢移封が伝えられてわずかひと月後には、すでに移住を開始していた。

会津から米沢へいたる道は、険しい山道である。つづら折りの急坂がつづき、いくつもの峠を越えていく。大塩《おおしお》峠からアラ ラギ峠を越え、檜原峠、綱木峠、船坂《ふなさか》峠とつづいていく。雪が降れば、足元はもちろん、大八車もすべり、下手をすれば崖を転がり落ちる羽目になる。途中に人家も少なく、休憩や眠るのにも難儀をする。

この年は、全山燃え上がるほどの紅葉だった。だが、その紅葉を美しいと眺めるほどの余裕のある者など、ほとんどいなかった。

彼らは皆、米沢での暮らしがどれほど厳しいものになるか、想像がついていた。三十万石の城下町に、百二十万石の家臣らが転がり込むのだから、住むところすらおぼつかないのである。

もうそこまできている冬の寒さを、どのように乗り切っていくのだろうか。春を迎えることができるのだろうか……。

誰もが暗澹《あんたん》たる気分に押し潰されがちだった。

直江兼続は、峠の頂上で立ち止まり、立ち止まりしながら、移住する家臣とその家族の群れを眺めつづけた。

山道を越えるのがやっとというような老人たち。

身重の若い妻もいた。

泣きながら歩く幼子もいた。

そして、そうした家族の足取りを気にしながら、大八車を引く家臣たち……。

暗い目は前方に据えられ、紅葉の美しさに気づきもしない。

(この者たちにこうした思いをさせたのは、わしの手落ちだったのか……)

家康の理不尽な振舞いに目をつむり、流れに身をまかせるようにして、戦さを回避するという道もないではなかった。たとえば、前田利長のように。

彼らは武士の意地を捨てた。だが、旧領を守り、むしろ増やしもした。

前田の家臣や領民は、上杉のそれよりも幸せなのではないだろうか。

兼続はしかし、意地も誇りも捨てた暮らしが、いくら安逸《あんいつ》であっても幸せとは限るまいと思いたかった。

いま、寒さを増した山道に歩を進める男たちの目に、その意地や誇りを探そうと目を凝らした。

男たちはいずれも、萎《な》えた目つきではなかった。今後の苦難に立ち向かおうという強い意志を秘めた目だ。しかし、それが武士の意地や誇りからきているものなのかどうか……。

直江兼続が若妻のお産に立ち会うことになったのは、そろそろ綱木峠の頂上に近づこういうときだった。

まだ、十六、七ほどに見える若い妻だった。夫も若く、二十歳をいくつも出ていないように見える。越後以来、上杉家につかえてきた家の者ということだった。

若妻は無理をして、大八車にも乗らず、いくつもの峠を越えてきたのだが、不意に産気づいてしまったらしい。

兼続は顔見知りの婦人をつかまえては、林の中に横たえさせた若妻のもとへ連れていき、お産の手助けをさせた。さすがに近づくわけにはいかず、少し離れたところでなりゆきを見守るうち、元気な産声《うぶごえ》が聞こえてきた。

「母子ともに無事か……？」

兼続は不安げに女たちに訊いた。

「無事にございます」

の返事に安堵がこみあげた。

いつのまにか、まわりには家臣や家族が大勢、集まってきていた。

兼続はその者たちの目に、素朴な喜びがあふれているのを見た。

その目は、意地や誇りを示す目よりも美しかった。

国をつかさどる者は、この目の輝きをだいいちに考えなければならぬ。次に戦うときがあるなら、この目の輝きを守るための戦さでなければならないのだ。

二

米沢の暮らしは想像を上回る厳しいものだった。

百二十万石分の家臣が三十万石の領地に入るのだから、給米ばかりか家屋敷まで不足した。一戸に三家族も四家族もおさまらなければならなかったし、下級家臣らは掘《ほっ》立《たて》小屋を建てて、北国の寒さに耐えた。

兼続はまず、米沢近辺の村々に屯田《とんでん》集落をつくり、下級家臣たちを住まわせた。いざ、ことがあれば彼らは米沢城へと駆けつけるが、ふだんは荒れ地を開墾《かいこん》し、作物をつくり、半士半農の暮らしを送った。

屋敷内には、実のなる木を植えることを奨励した。梅、柿、栗などである。屋敷を囲う生け垣には五加《うこぎ》を植えさせた。この若葉は飯に入れて食べることもできるし、茶の代わりにもなる。

新田の開発と、堰堤《えんてい》工事にも力を入れた。巨石を積み重ねた堤防は、直江石堤としていまもその姿をとどめている。

こうして家臣たちが飢えをしのげるような方策を次々と実行するかたわら、殖産興業にもつとめた。とくに特産品として生産を奨励したのは、青苧《あおそ》、漆《うるし》、紅花《べにばな》、桑の四品目だった。これらはやがて、藩の財政を支える産物となっていった。

また、商工業の発達や、鉱山の開発、植林事業といったあらゆることに目を配った。

兼続は、技術というものに重きを置いた。

かつての太閤秀吉や、石田三成が重視したのは、商《あきな》いというものだった。一方、徳川家康は商いよりは農業を重視した。

だが、兼続は技術というものが国や民を富ませるというかたちを考え始めていた。職人を育て、新しい意匠を考案し、そうしてできたものが商品にもなり、民の暮らしをうるおわせる。試みに、兼続はこれまでなかったような大鉄瓶《がめ》をつくらせ、普及させた。硬度がこれまでの鋳物《いもの》の二倍もあるような丈夫な鉄瓶であり、いざというときには鋳潰して武器として再利用できることも狙った。

この鉄瓶はいつしか直江釜《がま》と呼ばれ、米沢周辺でははるか後世にいたるまで使用されつづけることになった。

こんなふうに兼続は、三十万石の領地において家臣たちの暮らしが立ち行くために忙しく動きまわっていた。

このころの直江兼続の禄は一万石ほどであった。しかも、その半分は自分の家臣たちに与えていたため、取り分は五千石ほどだった。かつて、秀吉から「三十万石は直江の分だ」などといわれたころから比べたら、ずいぶんな激減である。

しかし、兼続はこの五千石分から新たな事業を手がけた。出版の事業である。

当時、日本ではまだ行なわれていなかった銅活字による出版を、朝鮮から持ち帰った活字をもとに、初めて着手したのである。

印刷を行なったのは、京都の要法寺《ようぼう》という寺だった。日蓮宗《にちれん》の寺だが、兼続はこの住職である日性《にっしょう》と親しく、朝鮮の活字が保存されていることを知っていた。そこで、まったくの自費で、出版を敢行《かんこう》したのだった。

選んだのは、戦術書でもなければ、宗教書でもない。兼続が出版したのは、『文選《もんぜん》』三十一冊であった。『文選』というのは、中国の名作と評価の高い詩文を集めたもので、中国では科挙《かきょ》の試験を受ける者の必読書ともなっていた。日本でも奈良時代ごろには広く読まれていたのだが、忘れられつつあった書物だった。

「なにゆえに詩文などを……?」

と、兼続の出版を酔狂なものとみなす者もいた。当時は、文字すら読めなかった武将も少なくなかったくらいであり、ましてやなんの腹の足しにもならぬ詩文ごときに金を使うなど、理解を超えることであった。

だが、兼続はこのように厳しい暮らしがつづくからこそ、詩文を読む喜びを多くの家臣らに味わわせてやりたかった。

出版は当時としては大事業だったが、それを兼続は私財を投じて完成させたのである。

こうして多忙な日々を過ごしていた兼続だったが、家庭においてはやすらぎと呼べるものがもどってきていた。

長く伏見の屋敷で人質生活を送っていた妻のお船も、移封とともに米沢にやってきたのである。

お船は人質の気鬱から解放され、もとのしっかり者の女房にもどっていた。伏見時代の贅沢はすっかりかなぐり捨て、縮小した家計のなかのやりくりに精を出した。

ただ、兼続の家庭は、子どもたちの健康にめぐまれなかった。

ようやく米沢の経営も軌道に乗り出した慶長十一年には、本多正信の次男政重と夫婦になっていた長女のまつが死去し、その翌年には次女のうめも、病いでこの世を去った。残されたのは、平八郎景明《へいはちろうかげあき》と名乗るようになっていた長男だけだが、この長男も幼いころからずっとからだが丈夫ではなかった。

やがて、この長男・景明は、大坂の陣に出陣するのだが、それからまもなく、病いで亡くなった。兼続の子どもたちは三人とも、父に先立って逝《い》ったのである。

景明が亡くなったのは、兼続が五十六歳のときであったが、それからしばらくしたころ、兼続は妻のお船に向かっていった。

「直江の家は、わしの代で終《しま》いにしよう」

「えっ……」

お船もこれには驚いた。

もともと、兼続は養子として直江の家に入ったのであり、お船の前夫・直江信綱が不慮の事故で亡くなったときも、幼い男子ひとりを残すのみで直江の家は絶える危機にあったのだった。それにしても、謙信の片腕として重きをなした上杉家中の名門が絶えることは、やはり大変なことである。

残そうと思えば、できないことではなかった。養子を取ればいいのだし、兼続にも弟や妹など血縁の者は少なくない。

だが、兼続の決意は固かった。

「廃絶にすれば、わしの所領は殿にお返しすることができる。たとえわずかでも、家中の財政にゆとりが生まれるであろう」

「わかりました」

お船もこれを承知した。伏見時代の剣呑《けんのん》な表情はかけらもなかった。

こうして直江の家は兼続の代で途絶えるのだが、しかしその名は、直江版『文選』や、直江堤、あるいは直江釜などによって、はるか後世にまで伝えられることになった。


直江兼続は米沢の周辺をまわるとき、華渓院の姿を探すときがあった。どこかに小さな庵を結んで、密かに暮らしているのではないかと思えたのである。

米沢移封のときは未曾有《みぞう》の混乱にあったため、華渓院のもとを訪ねるゆとりはまったくなかった。だが、越後のときから上杉の移封に従ってきた寺社の多くは、米沢にも移ってきていたので、おそらく華渓院もまた、この地に来ているような気がしていた。

しかし、ついに兼続は華渓院の姿を米沢に見出すことはできなかった。

華渓院が越後にもどっているという話を人づてに聞いたのは、米沢に移住してから五年ほど経ってからのことであった。

御館の乱のときに亡くなった息子・道満丸の墓に近いところに庵を結んで暮らしているという。

（それがもっともよいのだろう……）

兼続はむしろ安心した。

心はすでに亡き道満丸とともにあった華渓院を、ふたたび男女の道に引っ張りだしたのは、兼続の熱情であった。

熱情は歳とともにぬるくなり、かわりに親しみとほのかな情愛の気分が生まれてきてはいたが、それはもはや、人目を避ける忍び逢いを必要とはしなくなっていた。たとえどこにいても、ふたりは互いの存在を思い出すことができ、懐かしさを心地よいものと味わうことができるはずであった。

兼続はときに、華渓院の不思議な癖について思い出すことがあった。

兼続と話をしていたり、茶をたてていたりするとき、不意に後ろを振り向き、どこか一点を見つめつづけるのである。そのときの華渓院は、ちょうど幼子を眺めるような満ち足りた表情をしているのだった。

そんなときは、おそらく道満丸がそばに来ているような気がしているのだろうと兼続は推測していた。

だが、華渓院と会わなくなってから、兼続はふと、知らず知らずのうちにその仕種《しぐさ》を真似てみることがあった。

すると、その仕種は不思議な心地よさをもたらしてくれることに気がついた。

目の前の瑣末《さまつ》なことにとらわれている自分。

ふっとそこから目をそらし、遠い過去や、姿のないものに目をやる。

そのときの気持ちは、たとえれば心を風に飛ばしてやるような、妙に清々《すがすが》しい気分なのであった。

（そういうことだったのか……）

兼続はしばしばそうして、遠い越後にいるという華渓院を懐かしんだ。

三

家康が危ない――と聞いたのは、元和《げんな》二年（一六一六）の春も真っ盛りのころであった。

関ヶ原の合戦からすでに十六年ほど経っている。

このころ家康はすでに征夷大将軍の座も息子の秀忠にゆずり、駿府《すんぷ》城に大御所として天下を睥睨《へいげい》していた。この前年には、大坂城を落とし、豊臣秀頼を自害させ、後顧の憂いもとりのぞいている。徳川の天下は揺るぎないものとなっていた。

家康はこの年の初めに、鷹狩りの最中に突然、体調を崩した。鯛《たい》の天麩羅《てんぷら》を食べすぎたことが原因といわれたが、もっと深い病いがからだに巣食っていた。胃癌《がん》である。

このときはとりあえず持ち直したが、駿府城にもどると病いはぶり返した。歳もすでに七十五歳になっている。しかも、家康自身が、死病にとりつかれたことを覚悟した。

全国からぞくぞくと大名たちが見舞いに訪れた。

直江兼続も、上杉景勝の供をして、駿府城に伺候した。

寝間に通され、横になっている家康を見たとき、

(これは……!)

と、長くないことを実感した。

昨年、大坂の役のときも、ずいぶん痩せたと驚いたが、いま横たわっている家康の顔は別人ではないかと思えるほどやつれはてていた。

「大御所さま、上杉中納言どのと直江山城守どのでございます」

と家康に告げたのは、本多正信の長男・正純《まさずみ》だった。いま、正信は秀忠政権を支える老中として江戸に詰めており、家康のもとにはこの息子がついていた。

「おお、中納言、山城守……」

そういった声は、かすれ、小さかった。

「大御所さまには充分にご休養なされ、ふたたび天下のためにお元気な姿を見せてくださることを祈っております」

景勝がそういい、兼続が、

「大御所さまのご威光には、病いもまもなく退散いたすことでございましょう」

とつづけた。

家康は目を天井に向けたまま、うっすらと笑った。それから、なにか小さな声でつぶやいたようだった。

直江兼続はその声が聞きとれなかったので、景勝のほうを見た。景勝もやはりわからないらしく、小さく首を横に振った。

家康はそれっきり口を開こうとはしなかった。

「大御所さまはお疲れのごようすにございますので」

と本多正純がいった。

景勝と兼続はうなずき、早々に引き下がることにした。

兼続は下がりながら、もう一度、家康の顔を見た。目元にかすかな笑みがあった。

まるで旧友に再会したときのような、穏やかな笑みであった。

廊下に出ると、しばらく本多正純がつき添ってきて、曲がり角でふと立ち止まると、

「先ほどの大御所さまがつぶやかれたことですが……」

「なんと、おっしゃられたのでしょうか」

兼続が訊いた。

本多正純は、苦笑いを浮かべてこういった。

「いまだに毘の文字に追われる夢を見るわ……と。よほど大御所さまの心胆を寒からしめたのでございましょう」

直江兼続は、上杉景勝とともに駿府城の門を出ると、後ろを振り返った。駿府城は堂々たる城構えで、まさに徳川の天下を象徴していた。

堀の脇に、桜の並木があり、満開に咲き誇っている。

兼続はふと足をとめ、頭上をおおう狂おしいほどの花の群れを眺めた。

「ついに家康も逝きますか」

「そのようだな……このような花の盛りに」

景勝が花に酔ったような顔でいった。

直江兼続はそんな景勝の横顔を見た。髪にはずいぶんと白いものが混じり、肌にも染みが目立ちはじめていた。

景勝はこのところ物言いなどもずいぶんと柔らかくなってきている。その大きな理由のひとつに、関ヶ原の合戦から四年後に生まれた初めての子・定勝《さだかつ》の存在がある。

まるで掌中の珠のように、景勝はこの息子をいつくしんだ。

景勝は十歳のとき、父の長尾政景を義父・謙信によって誅殺《ちゅうさつ》された。純朴《じゅんぼく》な魂を持った少年には苛烈すぎるこの運命の中で、景勝はひたすら謙信のような武将になろうと精神の修練を重ねた。

だが、手元におのれのありったけの愛情をそそぐことができる息子を得たことで、景勝には義父・謙信のような男になることよりも、定勝にとってよき父になろうとすることのほうが大事になってきたようだった。

（ようやく謙信公の影から逃れることができたのだ……）

直江兼続は、その変化をむしろ微笑ましく感じていた。

たしかに、かつて宿していた戦国武将としての覇気はうすれつつある。それはやはり致し方ないことであり、徳川の天下が定まったいまでは、あまりに旺盛《おうせい》な覇気は幕府から余計な嫌疑を受けることになりかねない。

時代はあのころから大きく移り変わったのである。

兼続はふと、かつての友・石田三成のことを思い出した。

（三成がいまの世を見たならば、どんな気持ちになっただろうか……）

あの青白い顔に怒りの朱をまきちらすだろうか。

直江、きさまはなんというていたらくか、と自分をなじるだろうか。

だが、三成の激しい表情はまるで浮かんではこなかった。

むしろ、あの駿府の城の奥で、静かな顔で書類に読みふけるような三成の姿が浮かんできた。それが三成にはいちばん似つかわしい姿であるような気もした。

三成もまた、あの時代の激情の中にとらわれていたのだ。あの、賢明な男も時代から離れて生きることは難しかった……。

兼続はもう一度、三成と静かに盃《さかずき》を傾けてみたかった。

「兼続……」

まるで、三成に話しかけられたかのように思って、兼続はハッとした。

「はい」

「われらは家康をよほどに脅かしたようだな」

景勝はまだ視線を花の中に埋《うず》めたままでいった。

「そのようにございますな」

「あのとき、やはり追うべきであったのかな」

つぶやくように景勝はいった。

直江兼続は花を眺めながら、しばし考え込んだ。花の群れの向こうに、十五年以上も前の戦場があるような気がした。

「いや、あれでよかったのかも知れませぬな」

「ほお、なぜだ……？」

景勝は意外そうに訊いた。

「相応の分ということですかな」

「なんだ、それではあのときのわしの決断と同じではないか」

と景勝は笑った。

「さようにございますな」

兼続も思わず顔がほころびた。

結局のところ、どちらがよかったのかなどはわからない。ただ、いまの自分に満足していることは事実だった。

直江兼続がいま、没頭し、心血をそそいでいるのは、新しい藩の学問所を設立することだった。これまで集めてきた書物や、自身が出版した書物を一堂に集め、そこで家中の若者たちが勉学に励める場所をつくること。それが、長年の夢であった。

計画は着々と進行しつつあった。

兼続が教えを受けた京都五山の僧、南化玄興《なんげげんこう》の弟子で、下野国雲巌寺《うんがんじ》の九山和尚を、この学問所の師範として招聘《しょうへい》することも決まっている。

このような学問所がつくられれば、家中の若者たちに学問というものを広くいきわたらせることができるだろう。上杉家にとっても、そして米沢の領民にとっても、有益なものとなるだろう。

直江兼続は、蒔《ま》いた種が成長し、やがて豊かなみのりをもたらしていくことに、大きな喜びを感じた。

地道な日々の努力。

それが確実に伝えられていく未来。

生き甲斐も詩心もそこに生まれ出《いず》るはずであった。

それは、長いあいだ自分の責務だった補佐役としての喜びというものではなかった。百姓であっても職人であっても感じることができるひとりの人間としての喜びだった。

（もしもあのとき、家康の背中を追ったとしたら、そうした日々が訪れたかどうかは疑問だ）

と兼続は思った。

さらなる権謀術策に手を染めざるを得なかっただろうし、争いたくない相手と争うこともあったにちがいない。

勝つことによって閉ざされる道もあれば、負けることによって開かれる道もある。

直江兼続は人の世の不思議さと面白さを思った。

それからもう一度、駿府城を振り返り、いまは死の床についている徳川家康と天下を争ったときのことを、懐かしく思い出していた。

（本書は、平成十年六月に刊行した作品を、
大きな文字に組み直した「新装版」です）

一〇〇字書評

切り取り線

購買動機（新聞、雑誌名を記入するか、あるいは○をつけてください）	
□（　　　　　　　　　　）の広告を見て	
□（　　　　　　　　　　）の書評を見て	
□ 知人のすすめで	□ タイトルに惹かれて
□ カバーがよかったから	□ 内容が面白そうだから
□ 好きな作家だから	□ 好きな分野の本だから

●最近、最も感銘を受けた作品名をお書きください

●あなたのお好きな作家名をお書きください

●その他、ご要望がありましたらお書きください

住所	〒				
氏名		職業		年齢	
Eメール	※携帯には配信できません		新刊情報等のメール配信を 希望する・しない		

あなたにお願い

この本の感想を、編集部までお寄せいただけたらありがたく存じます。今後の企画の参考にさせていただきます。Eメールでも結構です。

いただいた「一〇〇字書評」は、新聞・雑誌等に紹介させていただくことがあります。その場合はお礼として特製図書カードを差し上げます。

前ページの原稿用紙に書評をお書きの上、切り取り、左記までお送り下さい。宛先の住所は不要です。

なお、ご記入いただいたお名前、ご住所等は、書評紹介の事前了解、謝礼のお届けのためだけに利用し、そのほかの目的のために利用することはありません。またそのデータを六カ月を超えて保管することもありませんので、ご安心ください。

〒一〇一－八七〇一
祥伝社文庫編集長　加藤　淳
☎〇三（三二六五）二〇八〇
bunko@shodensha.co.jp

祥伝社文庫

上質のエンターテインメントを！　珠玉のエスプリを！

祥伝社文庫は創刊15周年を迎える2000年を機に、ここに新たな宣言をいたします。いつの世にも変わらない価値観、つまり「豊かな心」「深い知恵」「大きな楽しみ」に満ちた作品を厳選し、次代を拓く書下ろし作品を大胆に起用し、読者の皆様の心に響く文庫を目指します。どうぞご意見、ご希望を編集部までお寄せくださるよう、お願いいたします。

2000年1月1日　　　祥伝社文庫編集部

新装版　われ、謙信《けんしん》なりせば　上杉景勝《うえすぎかげかつ》と直江兼続《なおえかねつぐ》　長編歴史小説

平成20年7月30日　初版第1刷発行

著者　風野真知雄《かぜのまちお》

発行者　深澤健一

発行所　祥伝社《しょうでんしゃ》

東京都千代田区神田神保町3-6-5
九段尚学ビル　〒101-8701
☎03(3265)2081(販売部)
☎03(3265)2080(編集部)
☎03(3265)3622(業務部)

印刷所　堀内印刷

製本所　ナショナル製本

ISBN978-4-396-33445-1 C0193

祥伝社のホームページ・http://www.shodensha.co.jp/

祥伝社文庫

風野真知雄 幻の城 慶長十九年の凶気

大坂冬の陣。だが城内には総大将の器がいない。「もし、あの方がいたなら…」真田幸村は奇策を命じた！

風野真知雄 奇策 北の関ヶ原・福島城松川の合戦

伊達政宗軍二万。対するは老将率いる四千の兵。圧倒的不利の中、伊達軍を翻弄した「北の関ヶ原」とは!?

風野真知雄 勝小吉事件帖 喧嘩御家人

勝海舟の父、最強にして最低の親ばか小吉が座敷牢から難事件をバッタバッタと解決する。

風野真知雄 罰《ばち》当て侍 最後の赤穂浪士 寺坂吉右衛門

赤穂浪士ただ一人の生き残り、寺坂吉右衛門。そんな彼の前に奇妙な事件が舞い込んだ。あの剣の冴えを再び…。

風野真知雄 水の城 いまだ落城せず

名将も参謀もいない小城が石田三成軍と堂々渡り合う！戦国史上類を見ない大攻防戦を描く異色時代小説。

井沢元彦 明智光秀の密書

明智光秀の密使を捕縛、暗号解読に四苦八苦する秀吉と黒田官兵衛。やがて解読された「信長暗殺の凶報」。

祥伝社文庫